成长之书

我们去远方

李兴海 ◎ 主编

吉林出版集团股份有限公司
全国百佳图书出版单位

图书在版编目（CIP）数据

我们去远方 / 李兴海主编. -- 长春：吉林出版集团股份有限公司，2018.5（2021.5重印）
ISBN 978-7-5581-5006-7

Ⅰ．①我… Ⅱ．①李… Ⅲ．①游记－作品集－中国－当代②短篇小说－小说集－中国－当代 Ⅳ．① I267.4 ② I247.7

中国版本图书馆 CIP 数据核字（2018）第 089016 号

CHENGZHANG ZHI SHU WOMEN QU YUANFANG

成长之书：我们去远方

李兴海 / 主编

出版人	齐 郁
责任编辑	张婷婷
装帧设计	张振东
出　版	吉林出版集团股份有限公司
发　行	吉林出版集团青少年书刊发行有限公司
地　址	长春市福社大路5788号（130118）
电　话	0431-81629800
印　刷	天津海德伟业印务有限公司
版　次	2018 年 5 月第 1 版 2021 年 5 月第 2 次印刷
字　数	160 千字
开　本	720mm×1000mm 1/16
印　张	10
书　号	ISBN 978-7-5581-5006-7
定　价	32.00元

版权所有・翻印必究

在阅读中享受最美好的青春

二十岁时，我第一次去凤凰，不为古镇美景，只为能与偶居夺翠楼的黄永玉先生见上一面。

时逢雨季，沱江奔啸，烟涛微茫信难求。苦待数日，仍没能等到想见之人。

我在清冷的雨丝中独自徘徊，满心失落。无意中走进一家书店，里面尽是沈从文先生的作品。无处可去，只好在僻幽的角落里翻阅旧籍，而后便一发而不可收。

回程当日，总觉有重要的东西遗落城中，寻思许久，才跑去那条巷子的书店里买了本泛黄的《边城》。这本有着深蓝小印戳的《边城》至今仍安躺于我的书柜里——它不仅使我在未果的行程中找到些许补偿，更让我在之后的时光无比怀念二十岁的自己。

再后来，我与书结下了不解之缘。不但自己看书写书，更领着诸多热爱文学的人走上了自己想走的路。

我经常跟学生们说，阅读是写作的命脉，只有不断阅读，才能保持创作角度的新颖和思维的敏捷。然而，阅读所赐予我们的又何止是这些？

不管在何时何地，只要手中捧着一本书，心里便会觉得安然。书不但能排遣无聊和寂寞，将岁月的伤口逐一缝补，还能把心灵淬炼成一块玲珑美玉。

爱书之人，必是睿智且沉稳的，遇事不惊，处之泰然。古人所说的"腹有诗书气自华"便是这个意思。

经常看书和沉迷在网游世界的心灵绝对是不一样的，前者往往更能体悟"一叶一菩提"的真谛。书本给予心灵的力量，是不可言喻的。十年寒窗，说的并不是读书人的艰辛，而是意在表述读书人的坚忍和不懈。试问，有多少人可以在寒窗下十年如一日地重复做一件事情呢？

曹文轩老师曾说"世间最优雅的姿态就是阅读"，不论静坐还是倾卧，甚至在卫生间里，它都是最美的姿态。因为这样的人，通常都会从骨子里散发出一种极具亲和力的书卷气。

阅读人物，通晓历史，可由他人鉴知自己得失；阅读杂文，百味世事，可在辛言辣语中澡雪精神；阅读情感，温热肺腑，可居书香浓情里滋养心灵；阅读故事，体会人生，可于静谧岁月中倾情流泪……

每一种书，都是风景；每一本书，都是亟待窥破的秘密。

宋朝诗人黄山谷有一句名言："三日不读书，便觉语言无味，面目可憎。"这其中说的，就是每日读书的重要性。

这套图书，所遵循的就是这个简单的理论。通过遴选当下不同类型的精华文章，给读者以不同的心灵养分。为了能找到年度最精华的文章，为了给读者省去寻找的冗长时间，我们几乎把近年的期刊翻了个遍。目的就是为了去其糟粕，取其精华。

我们的宗旨只有一个，就是为这个时代的读者奉献好书。

但愿我们可以放慢匆乱的步伐，一起在欢愉的阅读中，享受青春，优雅前行。

李兴海

2018 年 4 月

目录

旅行，是个灵魂事件

飞翔的鸟窝／曹文轩	2
心灵的氧气袋／家志	5
旅行，是个灵魂事件／王飙	7
路／自然	9
让心灵与自然相融／杏仁	11
荒漠阳光／露丝	13
宛丘之上／子宣	15
额济纳的灵魂／家志	17

像旅行家那样生活

天堂笑 / 徐玲	22
活着 / 晓云	24
像旅行家那样生活 / 晓云	27
谈"怕" / 彭祥	29
根 / 枫叶	32
谁最容易错过秋那桶？ / 小圆	34
巩乃斯河谷悟"小" / 青苑	37
不被牵绊的心 / 竹子	39
泊之韵 / 竹子	41

诗意行走的背包客

幽寂的湖泊 / 昊天	46
走上橘子洲头 / 展鹏	48
诗意行走的背包客 / 思源	51
最纯净的笑容 / 志强	53
旅行者的心灵 / 炫明	55
逢梁王于一时 / 炫明	57
享受天地间的诗情岁月 / 雪松	60
拥春的心境 / 思淼	63

我想去旅行

灵魂与风景 / 智渊	66
放宽心灵去旅行 / 思淼	68
浪漫,别错过 / 晓啸	70
我想去旅行 / 天宇	74
聆听草原的浪漫 / 浩然	76
我庆幸,我来了! / 浩然	79
在冰川上徜徉 / 文轩	81

旅人的月光

仰望珠峰的美丽 / 鹭洋	86
雪峰的晨昏 / 振家	90
书房里的一段胡杨枝 / 晓博	93
旅游与旅行 / 晓博	95
莽原上那棵挺立的野苹果树 / 文博	97
旅人的月光 / 文博	100
当我从泸定桥上走过 / 昊焱	104
巩乃斯河谷之夜 / 昊焱	108

登顶，是为了回家

走在毓秀桥上／金鑫	112
心的漂流／锦程	115
角度／嘉熙	118
呼吸的空间／嘉熙	120
灵气、浩气、书卷气／鹏飞	122
盘旋在幽谷之上，行走于云峰之巅／子默	125
峰顶有什么？／子默	128
额尔古纳的防蚊帽／思远	131
到墨脱的街头去散步／浩轩	133
魂傲千古，气吞河岳／浩轩	137
雪峰的呼唤／语堂	139
"驴子"精神／聪健	143
草原的阳光／笑愚	145
登顶，是为了回家／青苑	147
大山的后面是什么？／思远	150

旅行，是个灵魂事件

　　旅行，是个灵魂事件。当你背着行囊走向辽阔空旷的山林川泽、谷原皋壤的时候，你脚下的路，会一步步把你的灵魂引向内在的精神世界：透过峰岳的雄奇，你会发现自己灵魂的高秀；透过江河的涌流，你会发现自己灵魂的犷健；透过大漠的苍莽，你会发现自己灵魂的浩阔……

飞翔的鸟窝

曹文轩

一条大河。大河边有一片树林，树林里有许多鸟窝。其中有一个很漂亮的鸟窝，它是由花瓣、羽毛、金色的草丝和檀香树的树枝精心编织成的。

它的主人是两只不知名的鸟，它们是母女俩。这是两只羽毛丰满、色泽鲜亮的鸟，神态高贵。

这一天，女儿独自飞了出去，可是，它却再没有飞回来。母亲站在窝边，望着天空，焦急不安地等着。

月亮很亮。天空只有一朵朵的云在无声地飘动着。

第二天一早，鸟对鸟窝说："不行，我得找它去！"说完，它飞离了鸟窝，向天空飞去。母亲也没有再飞回来。鸟窝开始等待鸟们归来。一天一天过去了，却始终也没有它们母女俩的消息。等待变成了日日夜夜的思念，它冲着天空，好像在问：它们究竟在哪儿呢？

这天早晨，一只绿头鸭正在水中撩水清洗自己的羽毛，看见水中漂过了鸟窝的影子——它侧着脑袋去看天空，随即大叫起来："瞧啊！有一个鸟窝飞起来了！"绿头鸭们从水面起飞了，它们伸长了脖子，"瞧啊！有一个鸟窝飞起来了！"它们的叫声传遍了整个树林。所有的鸟都看到了正在天空中飞翔的鸟窝。

空中飞的真的不是鸟,而是一个鸟窝!所有的鸟都感到很新鲜,全都飞上了天空。各种各样、五颜六色的鸟飞行在鸟窝周围,但飞着飞着,它们便对鸟窝失去了兴趣,一只一只地落到树上、水上或地上。

现在,天空中又只剩下了鸟窝。它遇到了一只乌鸦。"你去哪儿?""我去找它们母女俩。"乌鸦说:"你还是回去吧!""为什么?"乌鸦告诉它:"听说,它们母女俩被一伙老鹰灭杀了。"它一惊,差一点掉了下去。但它很快又飞得高高的了。它对乌鸦说:"不,它们还活着!"

鸟窝继续向前飞。它遇到了一只白色的天鹅。"你去哪儿?""我去找它们母女俩。"天鹅说:"你还是回去吧!""为什么?"天鹅告诉它:"听说,那天有暴风雨,它们母女俩的羽毛被雨打湿了,掉在了大河里,被滚滚的大水冲走了。"鸟窝浑身颤抖了一下。那一刻,它觉得自己快要散架了。但它对天鹅说:"不,它们还活着!"

鸟窝继续向前飞去。它遇到了一只蓝色的风筝。"你去哪儿?""我去找它们母女俩。"风筝说:"你还是回去吧!""为什么?"风筝不想说,只是说:"你还是回去吧!""为什么?""你还是回去吧!"风筝说着,飞走了。鸟窝追了过去,问:"为什么?"风筝告诉它:"听说它们母女俩被人用猎枪打死了!"鸟窝听了,只是小声说:"不,不,这不可能!"转而大声说:"不,不,这不可能!"转而又小声说:"这不可能!这不可能!人类不可能伤害这么漂亮而高贵的鸟!不可能……"

鸟窝离开了风筝,继续朝前飞行着。天下雨了,鸟们都飞至茂密的树枝下躲雨去了。不知已经飞行了多少天的鸟窝还在天空中。它在雨丝中穿行着。雨停了,但鸟窝还在不住地滴着晶莹的水珠。

两只野鸽飞过。一只对另一只说:"那个鸟窝好像在哭呢!"

它飞着,顶着火热的阳光飞着,披星戴月地飞着……这天傍晚,突然刮起飓风,鸟窝一下子失去了平衡。它拼命想稳住自己,但还是控制不住地在飓风中旋转着。即使在那一刻,它还在想着它们母女俩:"你们到底在哪儿啊?"更加剧烈的风一下子将它吹散了,落了一地的羽毛、花瓣、金色的草丝和檀香树的树枝。

　　第二天早晨，飞来了两只美丽的鸟。它们将地上的花瓣、金色的草丝和檀香树的树枝用嘴巴一一捡起来——它们在一棵高高的大树的树顶又编织了一个十分好看的鸟窝。

心灵的氧气袋

家志

暑假里,我与几个驴友相约结伴去西藏旅行。我们相会于格尔木,因为大家都是摄影爱好者,便决定包车进藏,以便路上能有充裕的时间拍照和欣赏沿途的风光。出发前,司机一再告诫大家说:"进藏的路出了格尔木不久,便一下子跃升至海拔五千米左右的高度,许多内地人的高原反应都很强烈。为了应对路上的异常情况,大家还是有必要备个氧气袋应急的。"尽管大家都对自己的身体状况充满信心,却没有人敢掉以轻心。上车的时候,每个人都抱上来了一个像枕头一样的氧气袋。

出了格尔木进入昆仑山口以后,海拔陡升至四千七八,我们的口也干了,气也短了,头也痛了,力也减了,胸也闷了,脚下也轻飘飘的了。尽管大家的兴致未减,但高原反应却在我们的身体内一点一点地蔓延。晚上,我们夜宿当雄,第一次在如此高海拔的地方睡觉,除了闷得睡不着外,肚子里还如翻江倒海般难受。然而,氧气袋就在每个人的床头,却没有一个人动它,因为大家都知道这是正常的高原反应,并不会给生命带来什么危险,之所以把它放在离自己最近的地方,是因为我们知道:即使到了最困难的时候,只要它还在,我们就没有什么可害怕的。第二天,在那木错转湖的时候，高原反应虽然还是很剧烈，但有人宁愿吃片去痛片缓解头痛，也没有人打开气阀吸一口氧气。

到了拉萨后，由于海拔只有三千多米，所以，在周边地区游玩的时候也就没有人考虑氧气袋的事了。然而，在我们租车去珠峰的时候，因为那里海拔都在五千米以上，氧气袋便又成了我们随身的行李之一。

经过了两天的颠簸，我们终于在晚上到达了珠峰下的绒布寺。那一夜，高原反应又给了我们一次极大的考验。除了头痛之外，我们闷得很难睡着，即使打个盹儿也会在闷醒之后大口大口地喘上一阵子。两个来自广东的小伙子感到实在不舒服，干脆起床到外面欣赏珠峰下的夜景去了。然而，在这种情况下，还是没有人去动氧气袋，因为大家知道，这并不是非用不可的时候。第二天黎明，我们又向珠峰大本营走去，除了相机之外，谁也没有想到要带上氧气袋，因为经过了一夜的折腾之后，高原反应反而比夜里轻多了……

西藏旅行结束的时候，氧气袋里的氧气虽然已溜跑了许多，但看上去还是鼓鼓的。在整个旅行期间，我们虽然都没有吸一口袋里的氧气，但是，这个氧气袋无疑一直是我们心灵的一个非常重要的支点，是灵魂的依托。因为它的存在，我们心里才有了充足的底气，有了挑战生理极限时的必胜信念。氧气袋是软的，但它里面的氧气却让我们的灵魂变得硬朗而坚毅！

其实，在人生的旅途中，在生命的岁月里，我们哪一个人的精神的"行囊"中没有这样的"氧气袋"呢？比如亲情，比如友情，比如同事的信任，比如领导的欣赏……都会成为我们心灵的依托、力量的源泉、精神的支点，因为我们知道：在我们陷于绝境而不能自拔的时候，我们会得到支持和帮助，所以，在面临一般性的挑战和困难时，我们还会怕什么？在我们的心灵中有了这样的"氧气袋"，我们就能在生活的激流中义无反顾地奋勇向前，我们在人生的事业上就能无所畏惧地开拓进取，我们就能为了实现梦想坚持不懈地拼搏奋斗！

旅行，是个灵魂事件

王飙

旅行，是个灵魂事件。当你背着行囊走向辽阔空旷的山林川泽、谷原皋壤的时候，你脚下的路，会一步步把你的灵魂引向内在的精神世界：透过峰岳的雄奇，你会发现自己灵魂的高秀；透过江河的涌流，你会发现自己灵魂的犷健；透过大漠的苍莽，你会发现自己灵魂的浩阔……

北宋邵雍，少年时代便志高心雄，欲立功名，日夜苦读，寒暑不辍。一日，他忽然叹道："昔日得道之人，都曾像古人那样借得山水天韵以入化境，而我至今还困于幽室未游历四方啊！"

于是，他涉黄河，越汾水，走汉江，临瀚海，遐历于齐、鲁、宋、郑等名山故墟之间。数年后，不觉心神洞彻，豁然而归，自赞曰："道已入我魂矣！"从此，他一心治学，穷究天地之理，终成一代大师，后人更以"江山气度，风月情怀"来赞美他的为人。

这正是：浩卷育人，大化育魂，神遇天地，助我自雄！

由此也就不难理解，古人之所以常喻雄山胜水为大块文章，就是因其灵气郁郁，道韵蓬蓬，虽然看似空无一字，可那重重峰岳却尽显智慧。大美无言，撼人胸臆；大道无形，润人魂魄。所以，当你行走于天地之间的时候，看似无为，可一个关乎你灵魂的事件，却正在悄然发生……

所以，凡是喜爱在大自然中挑战自我、经历徒步探险之旅的人，在人生的开拓中，自会有一番一般人所不具有的心境和意境；在见识上，也自会有一般人所不具有的高度和广度！

路

自然

一旦我们踏上了征途，就不可避免地要经历旅程间的所有变数，其中，夜路，很可能便是留在旅行者心灵深处最具挑战性的记忆了……

去年骑行青海湖的时候，到达西宁才下午三四点钟的光景，从地图上一查，到湟源只有五十多公里，不出意外的话，也就是三个小时的骑程。谁知出了西宁不久，暴雨骤至，其后，便时大时小，淋漓不停。骑至多巴一带，路上泥浆横溢，汽车过处，飞花四溅，骑友小林恨恨地说："这估计是国道中能数得上的最烂的路段了吧！"

出了多巴，还未来得及细细地品味走出泥泞的快乐，谁知又一头扎进了大山之中。峰高谷幽，云低雾浓，才晚上七点多钟，看上去却已是暮色四合、夜影重重了；雨在林间号泣，风在草上哀鸣，如野鬼在游戏，似群兽在狂奔。路旁立着一块标牌，写着"湟源县，21公里"。后来才知道，这里是湟源县东峡乡的属地，雄峻的华石山和照壁山，在这里犬牙交错，涧水湍急，坡陡路险，危岩壁立，是青藏线上自古闻名的"海藏咽喉""天河锁钥"……

进入东峡，天色很快便黑如漆桶一般，大雨也开始倾盆而下，一直到湟源县都没停。我们两人，还只有一把电筒引着我们前行。小林说："大哥，此时我们要是遇上狼群该怎么办啊？"我笑了笑说："你还年轻，大哥啥样的生活没经历过呢？遇上狼群，我会迎之而上，掩护你逃离，这样，我们俩或许还能活下来一个呢！"小林也开心地笑了，说："大哥既然有这份关爱之心，我还怕什么啊？大不了一起死！"

　　一路陡坡，车子根本就骑不上去，何况还是在风啸雨噱之中呢？只能躬身推车，即使遇到一段下坡，也不敢松闸放速。展目四望，天上无星，地上无灯，目之所及，虚空无明；累也好，怕也好，滂沱夜雨也好，山大峡深也好，身在此境，除了向前，已别无选择……

　　将近深夜11点钟，我们终于看到了湟源县城的第一缕灯光，路上的惊心动魄，在这一刻都化成了诗意的快慰和感动……

　　路，是神圣的，因为它连着我们心中的圣地；路，又是神秘的，因为从走出家门的那一刻起，你并不知道自己会有什么样的际遇！在这神圣和神秘之间，唯有无畏的挑战者，才能酣畅淋漓地享悟此中的美妙！

　　路，是造化之琴上的弦，勇敢的旅行者可以在弦上奏出激情的生命之曲！

　　路，如果是在心灵伸展，那么，卓越的追求者便可奏一曲神超魂越的铸梦交响曲！

让心灵与自然相融

杏仁

不要嫉妒山岳的连绵千里、峰刺青天的气势,如果让自己的心灵像弥漫的云雾那样悄然融入山岳之中,那么,你的生命就有了山的巍峨和磅礴。无论你走到哪里,胸中都将充满山一样的浩然之气。

不要嫉妒大海浩渺无边的蔚蓝和空阔,如果让自己的心灵像一滴雨珠那样悄然融入大海之中,那么,你的生命就有了海的旷达和宽容,有了海的博大和深远;你的个性中也将充满海一样纳百川、载万舟而不张扬的含蓄和底蕴。

不要嫉妒江河的曲折回还、滚滚向前的力量,如果让自己的心灵像山间一股清澈的溪流悄然融入江河之中,那么,你的生命里就有了江河的执着、江河的意志,你的品格中就有了江河般百折不回的倔强。

不要嫉妒太阳的普照大地、孕育万物的光芒,如果让自己的心灵像一朵小花一样悄然融入温暖的阳光里,那么,你就能怀着像阳光一样自然的心态,在人生的岁月里默然培育着生命的果实,铸就生命的辉煌!

不要嫉妒月亮的如诗如歌、皎洁如水的柔媚,如果让自己的心灵像小星星一样悄然融入月色之中,那么,你的生命里就有了月夜的宁静、月色的曼妙，你的灵魂深处就永远飘着月光般如梦如幻的迷人的音符。

不要嫉妒那棵百年巨树依然新枝勃发、花繁果香的盎然生机，如果让自己的心灵像一片青翠的叶子一样悄然融入巨树的绿荫里，那么，你的生命里就会永远闪耀着青春的光芒，年轮所代表的也只能是我们生命的高度和人生的辉煌……

让心灵像微风轻吹的细雨融入原野那样融入自然之中吧！

不管我们是生活在车水马龙、高楼林立的城市里，还是生活在天蓝野绿、莺飞鸟唱的乡村中；也不管是生活在谷深林密、峰秀坡翠的大山里，还是生活在水摇波撼、吞星吐月的大海边，只要拥有了能与自然相融的心灵，我们的生命中就充满了自然的和谐之美，我们人生的岁月里就充满了宁静、光明、希望、梦想、幸福和欢乐……

荒漠阳光

露丝

只要一听到"荒漠"二字,也许你马上就能从心灵深处嗅到那种沉寂空寥的味道,这味道常常让我们"嗅"而却步,阻断了我们进一步了解荒漠的渴望。然而,大自然的创作从来就不缺少神来之笔,荒漠也自有它的精妙绝伦的美丽……

暑假在新疆旅行期间,我们几个旅伴在摄影师老王的带领下,驱车走进了古尔班通古特大沙漠的腹地。虽然这里数百里之内荒无人烟,却有一片把大自然的色彩渲染到近乎夸张的地方——五彩湾。那一座座大大小小横卧的山丘冈峦,仿佛是大漠精灵们居住的斑斓炫目的宫殿。阳光无碍地洒向大地,五彩湾也在毫无保留地考验着我们的想象力。我们一走下车来,便兴奋得恨不得把眼底的一切都摄入镜头。老王笑着说:"大家都不要急,五彩湾中最美丽、最动人的时刻是晨曦初照和夕晖降临的时候,我们今夜就在这里露营,有很多时间来淋漓尽致地欣赏这里的美,现在'你'把胶片都'谋杀'完了,到时候可就后悔都来不及了啊!"

老王的话把大家的注意力从摄影转移到了欣赏美景。我们爬上一座座小山,越过一条条沟壑,细细地玩赏着岁月留给这个世界的具有童话般丰富色彩的作品。太阳慢慢地向地平线上沉去，那炽热的光芒也渐渐地褪去，黄昏在淡淡云霞的簇拥下终于来临。五彩湾在柔柔的、鲜红的夕阳下，仿佛是一堆堆被点亮的篝火，却燃烧着不同色彩的火焰；又如一朵朵吐蕊怒放的太阳花，潇潇洒洒地舒展着自己巨大的花瓣，用它们的绚烂装点着大漠的无边的空旷。爬上高处，放眼望去，大地是一片辉煌，红的眩目，黄的耀眼，橙的灿烂，就连绿色和蓝色，也在落日的余晖里闪着令人赏心悦目的光焰。置身其间，我们感到自己仿佛也被融化成一个个璀璨的光点。

黄昏的五彩湾，在与之相接的无边无际的灰黑色的大戈壁滩的对比下，可以说靓丽无比，如梦如幻，仿佛是西天的晚霞被抛洒到了这片低矮的山峦。虽说摄入镜框中的景色无不是如诗如画，但我们依然还是像一只只采花的蝴蝶一样，不停地飞到一座座如花绽放的小山顶上，选取最佳的观景视角，摄下让自己最满意的照片……

美虽是永恒的，但日头却时刻在变换着自己的位置。我们胸中的激情虽然丝毫未减，可夕阳却越来越迫近地平线，山丘浓重的阴影也渐渐地从谷底升起，五彩湾里一片暮气。我们几个坐在最高的山顶上向西凝望，大家默不作声，因为我们都心里明白：像这样悠然自得、无挂无碍地静心坐于大漠深处，看着太阳在地平线上熄灭她最后光芒的机会，一生恐怕也难得有几次啊！

黑夜仿佛是在一刹那间把大漠染成了一色。老王说："快回宿营地吧，明天太阳升起的时候，我们又将看到五彩湾的另一番景色。"

宛丘之上

子宣

秋冬之交,水凉露冷,与友结伴,骑行百公里之外的淮阳,古称宛丘。《诗经》中还载有一首以《宛丘》为题的情诗:"子之汤兮,宛丘之上兮。洵有情兮,而无望兮……"那个已在诗中活了数千年的宛丘少女,此次的寻访,我是否还能在宛丘之上觅得她翩然而舞的美妙身姿?

一路顺风,下午两点多钟我们便骑到了城东的龙湖边。一眼望去,烟波浩渺,芦苇瑟瑟,风荷已凋。岸畔水滨,可见一些垂钓之人,频频落钩抬竿。湖边遇一漫步的老者,我们向他问道:"宛丘今在何处?"

老人家看了我们一眼说:"今日的淮阳,即古时的宛丘啊!"

我说:"这个我知道,《诗经·宛丘》中有'子之汤兮,宛丘之上兮',我想知道的是诗中这个具体的宛丘啊!"

老人呵呵一笑说:"你们还真问对人了,一般的人还真不知道。"说罢,他用手一指前方不远的一处凸入湖中的高地说:"那里便是。那个高台,曾经是古人聚会、社祭的地方,更重要的是,中华文明之火就是从那个高台上点燃的!"

老人的话让我暗暗震惊,忍不住说道:"老人家出口不凡,一定深谙此台之奥秘，可否给我们点拨一二啊？"

老人说："传说上古之时，伏羲作为酋长，携本族之人，由气候干燥的甘肃天水东迁，行到此处，被浩瀚的水波拦住了去路。临水有一凸起的高台，伏羲见后，喜欢异常，便称其为宛丘，他的族人，也便在此安顿下来；伏羲除了教他的族人渔猎稼禾之外，最有兴趣的事，便是置身于宛丘之顶，上观天文，下察地理，透过森罗万象，推演大化运数，苦思宇宙何来，深究自然之源，灵悟鸿蒙一元，幽感阴阳之变，混沌始开，大千乍现！这样的灵感，让伏羲激动得不能自已，他用树枝在地上画出了长长的'一'字，惊呼太极（鸿蒙未辟时的一团元气），接着又在这个'一'字之上画了两个并排的短'一'，观图浩叹阴阳（推动宇宙千变万化的两种力量）！伏羲的灵门一开，创意便纷至沓来：画八卦，定乾坤，再绘太极之图，妙演造化之道。从此一画开天，奠定了龙族'道'的信仰之基；仓颉依之，创汉字，铸成炎黄子孙大一统之雄魂；李聃依之，著《老子》，以彰华夏智慧之光焰；孔丘依之，留《论语》，以显神州伦理之臻美……"

老人的话，真有夺魂荡魄之力，让我们对他钦佩不已。唏嘘之时，老人继续说："昔日美艳巫女荡舞的宛丘，如今，为了纪念伏羲一画开天的伟大创举，已改名叫画卦台了，你们去那里转转吧，也许还能感受到当年伏羲的浪漫和风流呢！"

告别了老人家，我们沿着湖畔，推车向画卦台走去……

额济纳的灵魂

家志

当我们经过甘肃酒泉的时候，我对驴友琪琪说："这里有到内蒙古额济纳的班车，我们去看看吧！"她说："额济纳在哪？"我拿出地图指着对她说："就在这片被称为巴丹吉林大沙漠的深处，比去航天城还远得多呢！"她说："有什么好看的吗？"我说："一个能在如此广袤的沙漠深处存在的小镇，一定有其独特的值得我们去感受一番的魅力和风采！"她笑着说："看你对这个地方如此倾情，那就陪你一起去那里走走吧。"

其实，几年前，当我知道额济纳小镇附近无边无际的荒漠上，有着一片世界上最大面积的胡杨林后，一个渴望穿越大漠胡杨林的梦便一直萦绕在我的脑海中。我常常凝望着挂在书房里的地图上这个被戈壁沙漠包裹着的地方，总是感觉到"额济纳"这三个字的下面是一首内容苍凉雄壮的诗，是一支旋律铿锵大气的歌。凡是历经了世间较多磨难的灵魂，是不是都对天地间那种孤韵独出的景状有一种天然的共鸣呢？此次旅行怎能与之擦身而过？

班车穿越了近千华里的荒漠之后，终于在下午四五点钟的光景来到了额济纳镇。住下后，在店老板的指点下，我和琪琪便朝小镇的东面跑去。

不一会儿，那历经了岁月雕琢的胡杨，一棵棵都以自己独有的风姿展现在我们面前。有的粗有十围，虬枝嶙峋；有的枝叶茂盛，郁郁葱葱；有的枝枯干裂，却依然铁骨铮铮……琪琪激动地冲进了胡杨林中，她一边不断地抚摸着那棵棵树身粗粝的胡杨，一边亢奋地喊着："这就是传说中的胡杨，传说中的胡杨啊！"

是啊，在这片荒寂数千里的大漠上，胡杨迎日送月、搏风击沙，作为唯一的乔木，已独自在此绵延生息了千年。想当年，这里也曾河川激流翻滚，湖泊星罗棋布，各种植物奋力生长，各种花朵竞相盛开。在那万木欣荣、各呈风流的岁月里，胡杨也许并不曾得到过造物主更多的恩宠。但是，一种神秘的力量使水源丰沛的黑河渐渐地断了流，湖泊也相继枯竭，原本肥沃的田野也一点点沙化。物种渐次消失，当一切浮华渐渐地褪尽之时，原本并不起眼的胡杨却一族孤出，成了这片土地的宿主和灵魂，成了一道独有的风景，一种精神的象征……置身于繁华的生活中，谁都可能有春风得意之时，若在厄难交舛之中，依然能在生命的琴弦上奏出命运的锵锵之音，才是真正的强者！如果不是这片胡杨林的存在，恐怕额济纳小镇也早已湮灭在滚滚的沙浪之中了。

第二天早上起来，我和琪琪准备去穿越大漠胡杨林，以期与这沙海之魂来一次更亲密的共舞。出发时，琪琪只准备带上一杯水上路，我说："我们是穿越在荒无人迹的沙漠，没有任何水源可以补给的。"在我的一再要求下，她才又往包里塞了一瓶水。当她看到我不但满满地装了一大杯水，还又往包里塞了四瓶水后，惊得瞪大眼睛，说："你疯了吗？哪有带这么重的东西上路的？"我笑了笑说："有你求着向我要水喝的时候，等着吧！"

我们打了一辆出租车，说去九道桥，然而，出了七道桥，便是一望无际的茫茫沙漠，便赶紧让师傅停车。在我们下车的地方，胡杨稀疏，枯草遍野，时有梭梭林和红柳林横亘在沙原上，穿行其间，也是别有风味。

上午的阳光还算温和，如蓝冰一样的碧空里，时有棉絮般的白云飘浮。寂静的荒原上，没有鸟鸣，除了夏风的飒然之声外，就是我们的双脚踏在沙窝里的音响了。天高地阔，魂舒魄畅，我们像两个快乐的精灵，向着胡杨林的更深处一路向前。走过了那片棵棵胡杨如游兵散勇般孤立独存的荒野之后，我们终于闯进了一片浓密的林中。有的高大耸天，有的粗壮孔武，有的枝叶茂密，有的沧桑古迈……它们各显峥嵘，却又共同构成了大漠之上的一道大气磅礴、天韵自成的风景线。

出了这片林子，又是一段漫长的荒滩，胡杨树少得可怜。大大的太阳正当头而照，大地蒸腾，热浪滚滚，行在此间，无荫可躲；沙漠中干渴的空气，无时无刻不在从我们身上的每一个毛孔中拼命地痛吸着我们体内的汁液，只觉浑身热得汗水奔涌，却不见衣服有点滴湿痕。琪琪带的水已经喝光，当她被焦渴折磨得受不了的时候，才对我竖起大拇指赞叹："飙哥，你可真有先见之明啊！早知如此，我也带上个四五瓶了。"其实，我哪里会有什么先见之明啊，只是前年在宁夏，和一个驴友试图穿越腾格里沙漠的某一段时，领教过沙漠的厉害啊！

像旅行家那样生活

像旅行家那样生活，是因为旅行家永远都把旅行当成自己心灵里的一首首最浪漫抒情的歌。在旅行家的心灵中，永远没有走错的路，因为每一程的风光都是唯一的，所以，他们从不后悔；在旅行家的心灵里，永远没有不值一睹的景色，每一棵树都是独特的，所以，留给他们的都是永恒快乐的回忆。

天堂笑

徐玲

初春的巫山,笼罩在满目苍翠中,我的外公就安然地睡在里面。草青了,风也轻了,又到了看望他老人家的时候,我却怎么也找不到他。没有关系,我还记得那隆起的坟头孤独、冷傲、倔强地突在清瘦的竹园里,让我在好多个白天夜晚想起来就潸然泪下。记得,就好。

外公如果不是那么倔强,如果不是那么拼命,如果能像我们珍爱他那样去珍爱自己,如今,也该八十多岁了。

记忆中的外公特别瘦,黝黑的脸和微陷的眼睛显得十分精神。他每天穿梭于田间地头,埋着头忙忙碌碌,没有一刻停歇。尽管从来没有停止过劳作,但是他和外婆的生活依然十分清苦。

儿时的每一个暑假,我都会带上几身换洗衣服,摘一小篮青里泛黄的番茄,步行三四里路去看外公外婆。外公对我的宠爱是无声的,跟那个年代所有的农民一样,他不擅长用语言表达自己的感情,可他用行动传递给我浓浓的爱。

我记得,外公曾高高兴兴地擀出两斤面,和着青涩的咸菜,煮成烂烂的一锅跟我们分享;我记得,外公把我驮上脊骨隆起的后背,去数他亲手栽种的香瓜有多少个；我记得，外公把我架在瘦弱的肩膀上，让我把露天电影看个够……

那时候的每个清晨，外公去街上卖菜回来，总要给我带上半斤黄豆芽和一根老油条。我曾经告诉过他，黄豆芽是我最爱吃的菜；而老油条是外公给我额外的奖赏，说我睡觉很乖，不用脚蹬他和外婆。其实，那时的我最向往吃肉，可当我有一次发现外公毛糙不堪的棕色钱包里仅有数得清的几张钞票时，我就说最喜欢吃黄豆芽了。黄豆芽被外公精心烹调得倒也香味四溢，很馋人。看着外公长满皱纹的微笑的脸上深陷的两腮，我一边嚼一边直喊好吃，好像吃出了肉的味道。每每那时，外公就显得特别高兴和满足，坐在竹椅子上抽一支香烟，然后吭吭地干咳几声，咳得我心疼。

可惜，他没能得到太多的喜悦和满足。二十年前的春天，也是这个时候，春暖花开，草青风轻，外公因劳累过度，安详地走了。我永远记得那一天大人们把外公一个人放进巫山的情景，他们用厚厚的土把外公的骨灰埋进山里，垒上尖尖的坟帽。我说，轻点儿，别把外公压痛了。下山的时候，我听见被山土压着的外公在我耳边笑着说，他一点儿也不痛。我想，一定是因为他一生勤劳善良，去的是天堂，而不是地狱。

我含着泪花笑了。

活 着

晓云

应该说每一棵树都比我们更清楚：怎样地活着，才能尽情地享受美好的岁月之诗，才能尽兴地展现自己风光无限的曼妙之姿！

一

那一天，在黄山，一棵悬挂在断崖上的高不盈尺、躯干弯曲成"U"型的小松树，极其惹人注目，仿佛一阵风吹过，它就将落入万丈深渊。然而，一个在此休息的背夫告诉我："这棵粗不及杯口的松树，你不要小看它！它至少也已经有了上百年的树龄，并且它还有一个非常好听的名字——倒挂金钟。如果你注意看的话，就会发现：它的根就紧紧地钳在那石缝之中，因为要涨满缝隙才不至于脱落，所以它的根部有些地方比树身还粗哪！"

虽说黄山是一个较宜松树生长的地方，但是，被命运抛在如此的危境之中，在甚至连生存最基本的土壤都没有的悬岩上，它却奇迹般地把自己经营成了一道美妙的风景。只要看看它的根，我们就会知道它有多么聪明；只要看看它摇曳的姿态，就会知道它活得是多么惬意！

活着，就是一道极美的风景！

二

宁夏的沙湖，位于腾格里沙漠之中。在那里游览时，一棵生长在绵延沙海里的小树引起了我极大的好奇，因为它的一条暴露的根，竟然一直向沙湖的方向伸展着，伸展着，足有一里多长，一直伸展到离湖水还有一二百米的一座沙山里。我想，这根一定会穿越沙山，直达湖底。一棵只有一人来高的小树，为了能在阳光里快乐地舞蹈，要经营这样的一条根，需要多少耐心和毅力啊！要经营这样的一条根，又是多么费时费力的浩大工程啊！

沙漠，本是不适宜生存的地方，但是，这棵小树能选择自己的命运吗？一粒幼弱的种子发芽了，它知道在这样的地方，要享受生命的时光，知道什么才是最重要的！它餐风饮露，凭着生命的本能，让自己的根向着有水的方向一点点地推进着，推进着……虽然那长长的根吸来的水有限，但是它足以靠这点儿水在茫茫的沙海里擎起一面绿色的旗帜！

活着，就是一首生命的诗。

三

在塔克拉玛干大沙漠的腹地，我终于发现了胡杨树能够生存下来的秘密。

当我踏过一个个松软的沙丘，慢慢地走近一株胡杨的时候，我看到胡杨挺立的地方，竟然是一座被层层密如光渔网的树根紧紧包裹的小山，这座"小山"在这沙海之中稳如磐石，任凭狂风掀起黄沙漫漫，却丝毫也掏不出"小山"下的一颗沙砾，动摇不了胡杨半点根基！

多么聪明的物种啊，正是它发达的根系，成就了它"英雄之树"的美名啊！

活着，就能成就一种精神。

四

　　从某种意义上来说，我们的生命与充满自然灵性的树木相比，并没有本质的差别！

　　当我们在不断地抱怨生活、抱怨命运的时候，树却在默默地经营着自己的根，因为它们知道，活着，就是一场生命的盛宴，不管是置身于绝境，还是生长在沃野；不管是立足于茫茫的沙漠，还是扎根于浩淼的水畔，活着，就是用阳光的音符，在风的琴弦上奏响的一支生命之曲；活着，就是醮着岁月之墨，在蔚蓝色的地球上创作的一首激情浪漫的生命之诗；活着，就是在大自然的织机上，用智慧的金线织成的一面生命的旗帜！

　　像树一样活着吧，也许经营根的工程无比艰巨和浩大，但是，只要能享受到叶子那么大的一片阳光的抚慰，只要能享受到大地深处一缕清泉的滋润，我们死亦何憾啊！不管活着需要经受什么样的历练，这历练本身，就是生命的一种荣耀！

像旅行家那样生活

晓云

像旅行家那样生活,是因为旅行家的脚步永远都在踏着希望的节奏前进。他们知道,只要沿着一条路不停地走下去,他们就能一直享受沿途不断变幻的旖旎风光。生活是岸,在岁月的河流里,旅行家的心灵便是渴望阅尽两岸景色的航船。

像旅行家那样生活,是因为旅行家的胸中永远燃烧着探险的激情。他们渴望去穿越那一条条幽深的峡谷,以享受那份由自己的双脚踏破的已凝滞了千年的沉寂;他们渴望去登上那一座座险峰,以享受那份兀立峰巅的目极千里的空旷……

像旅行家那样生活,是因为旅行家永远都把旅行当成自己心灵里的一首首最浪漫抒情的歌。在旅行家的心灵中,永远没有走错的路,因为每一程的风光都是唯一的,所以,他们从不后悔;在旅行家的心灵里,永远没有不值一睹的景色,因为每一棵树都是独特的,所以,留给他们的都是永恒快乐的回忆。

像旅行家那样生活,是因为旅行家总是陶醉在怡然的心境之中,享受着"向青草更青处漫溯"的冲动。旅行家的前方没有最终的目的地,只有他们计划从某处穿越的路标。

像旅行家那样生活，是因为旅行家总是把旅途中的挑战看作生命中的骄傲和自豪。平坦的道路，往往意味着只有平凡的景色；险峻的畏途，常常给我们的视觉带来一幅幅遗世孤美的画卷。挑战中，旅行家踏碎的是崎岖坎坷，得到的是心灵的盛宴。

像旅行家那样生活，是因为旅行家总是以自己谦敬的心灵之杯去盛放造化所赐予的琼浆玉液。在大自然面前，旅行家感受到的不是躯体的卑微与渺小，而是心灵的感动和欣悦，因为他们总是怀着一颗感恩的心，在感谢上苍能让自己在有限的生命里感受到天地之间无限的美丽。

像旅行家那样生活吧，因为生活中也有一道道值得我们不断追求的、甚至比大自然更壮丽的美景；如果你真的像一个旅行家那样生活了，那么，你便拥有一颗像旅行家那样的洒脱、快乐、充满希望和激情的心灵。

谈"怕"

彭祥

黄昏时分,我正在学校的操场里悠然地漫步,一个同事跑到我的身边问道:"王老师,今年暑假里又去哪儿旅行了?"我说:"我去了西藏。"他吃惊地看了我一眼,说:"你不是去过西藏吗?怎么今年又去了?"我说:"是啊,我前年去西藏,是为了一睹珠峰的风采;今年去西藏,是为了徒步墨脱;我还会第三次去西藏的,因为还有一个让我魂牵梦绕的地方没有去——那就是西藏的阿里。"

听了我的话,同事叹了口气说:"唉,说实话,我一直都想去西藏看看,可是,心里的一个'怕'字,一次次地让我放弃了这样的念头。"

我问道:"你怕什么呢?"

他说:"怕路上不安全,怕途中孤寂难耐,怕吃住不方便,怕身体承受不住高原反应……总之,一想起来要去一个陌生的地方,我就有一种莫名的恐惧感,害怕遭遇什么不测。"

其实,同事心中的这个"怕"字,并非是他一个人所独有,我知道,许多人的心里都深藏着一个非常渴望实现的旅行之梦,然而,最终敢于背起行囊、像一头负重的驴子一样行走天下的能有几人呢?

前不久，一个网友给我讲了一个十分感伤的故事：

有一天，网友到医院去看一个因病住院的朋友。朋友患的是肺癌，而她自己并不知道，但她知道这次病得一定不轻。谈话间，她突然提到十二年前两人曾相约的一件事。这让网友的心里咯噔一下，一丝无法掩饰的苦笑禁不住浮上了嘴角。

朋友面色潮红、很困难地喘着气，轻声说："十二年前，我们俩曾相约：若有了机会，一定要去西藏旅行。这十二年来，西藏一直是我心中的一个圣洁的梦。其实，你说我们去西藏的机会少吗？只是我们因为怕影响了工作，怕影响了自己的进步，怕影响了提职晋级；怕影响了孩子的教育，怕老公吃不上饭，怕老人有事我们不在身边。总之，怕这怕那，竟然一直都没能成行。在我躺在医院里的这一个月里，越想越觉得自己活得可怜，十二年里，我竟然连为自己的梦想活一次的勇气都没有！这次病好之后，我第一个要完成的心愿就是去西藏走走，看看那里蓝蓝的天空、白白的云朵、纯净的湖泊、晶莹的雪山。"

听着她的话，我的网友已哭得像个泪人似的，因为网友的心也在隐隐地疼痛，她也在禁不住地自问："难道只有到了生命的尽头，我们才能突然发现被一个'怕'字囚禁的自我的可怜吗？"

送走了朋友之后，我的网友背上行囊，义无反顾地去了西藏，她终于看到了朋友一直渴望看到、但终没能看到的一切……

旅行之于旅行者，光有燃烧的梦想和浪漫的激情是远远不够的，还必须有敢于挑战自我、战胜自我的勇气，有坚定地走向远方、把梦想付诸行动的决心，有不怕苦、不怕累和百折不回的意志。旅行者收获的并不仅仅只是大自然的风光，收获的也不仅仅是他对自己人生经历的美好的回忆，更重要的是，他收获的还有一个因经受大自然的熏染和淘洗而充满磅礴大气的灵魂。这才是大自然给予旅行者的最珍贵的礼物！然而，只因为一个"怕"字，许多人便失去了上天的这一恩遇。

其实，这个"怕"字并非只与旅行有关联。在我们人生的岁月里，哪一个人在年轻的时候不曾有过炽燃的梦想和美好的向往？哪一个年轻人，不渴望在未来的岁月里创建一番能展现自己生命价值的事业？然而，在不断流逝的时光中，真正能义无反顾地去奋斗的会有几人？对于那些只有梦想而没有行动的人来说，他们可以为自己找到种种借口与遁词，但是，最根本的原因还是深深地植于心中的一个"怕"字！他们怕自己的投入得不到相应的收获，他们怕失败，他们怕孤独，他们怕吃苦，他们怕失去世俗生活中的名和利……所以，他们梦想中的"西藏"，永远只在梦中。

怕，可以说是一张无形的却又无处不在的巨网，它能使原本自由奔放的心灵之鸟，再也不能展翅飞翔。

根

枫叶

暑假在宁夏旅行期间,我曾到过被毛乌素沙漠紧紧搂抱着的沙湖游玩。当我翻过湖边高高的沙山,向沙漠深处走去的时候,在许多长着稀疏沙苇的沙丘上,我竟看到了因风长年对沙丘的剥蚀而裸露出来的沙苇的根,那支撑起不过两三尺高的沙苇的绿色的根,其长竟然可达数十米、甚至上百米,这还不算它深深扎到沙丘中的部分……

看着眼前这一幕,我的心灵骤然被沙漠生命的顽强深深地打动了。我蹲下身子,轻轻地抚摸着沙苇那鲜绿的叶子,我仿佛从那一片片叶子上读出了生命的诗意和感动,读出了生命的坚韧和伟大。看着它一直向远方伸展的根,我感到这些根啊,它们像一条条在沙丘间游移的苍然虬健的长蛇,在挑战着环境的恶劣,在创造着天地间的美丽,在播撒着大自然的希望,在抒写着生命的赞美诗,在唱着生命的颂歌……

沙苇的根以及它所支撑起来的绿色,不能不使我们想起每一个人所追求的、渴望让自己的生命更加辉煌的事业。许多人总是将自己的不成功归于命运,归于伯乐难遇,归于没有可让自己一展宏图的环境和机会。其实,我们所缺乏的正是那在地下的深根啊!并不是这个世界上缺少发现和欣赏的眼睛，而是我们并没有创造出真正的美来啊！

细细想来，任何一个成功者，他们所有的创造都不过是在茫茫沙漠中所生长出的那点绿色而已！一个成功的作家，尽管可以写到著作等身，但这些东西也不过是他所读之书的沧海一粟，是他习作之山的一个山尖而已；一个成功的演讲家，若要练就自己口吐莲花的本领，要经过多少年的积累和苦练，才能成就自己精妙的谈吐，成就自己思与说浑然一体的语言啊；一个科学家，即便揭开了一个科学奥秘，也不过是他所研究项目的冰山一角……

然而，在这个世界上还有多少人如渴望奇迹般做着成名成功的美梦啊！但是，人生的卓越，功名的成就，毕竟不能像中奖般幸运地获得，自己若没有深长的充分吸纳营养的根，就无法支撑起自己的卓越之树，也无法供养起自己的成功之花。也许偶尔到来的雨季，可以制造一阵繁花似锦的假象，但一旦干旱来临，只有不会凋落的花朵才显得弥足珍贵，不会褪掉的绿色才显得灿烂艳丽！

这使我们不能不想起一个犹太学者曾说过的充满哲思的话："一个人追求的荣耀超过了他的智慧，他可以和什么相比呢？一棵树的树枝异常茂盛，但树根却很少、很短，大风一来，就会把它连根拔掉。相反，他的智慧如果超过了他对荣耀的追求，那么，就像一棵树的枝叶虽然稀少，但树根却很多、扎得很深，即使世界上所有的风一同向它吹来，猛力地吹，也不能把它吹倒。"

茫茫大漠中的沙苇啊，虽然它不会像人一样思索，但它却得到了宇宙间的大智慧，因为它明白：只有根，才能永远支撑起它生命的美丽和辉煌！

谁最容易错过秋那桶?

小圆

凡是去怒江大峡谷渴望一睹天下绝伦奇境的游览者,无不对深藏于江畔半山腰里的秋那桶充满向往。几年前,沿大峡谷进入西藏察瓦龙的那条悬挂于山腰间的砂石路还没有修通时,秋那桶便是所有来怒江大峡谷中旅行探险的人能够到达的最后一个怒族村寨。二十多年前,扼住怒江咽喉的石门关,拔地千米,进出村寨,还无路可通,只有到了冬季枯水期,人们才能从江底露出的沙滩上走过……

正是因为她的神秘,才让游人有一睹为快的冲动。然而,不幸的是,许多专门去秋那桶的游人,最后竟然会与之擦肩而过,无果而归。看到这里,你一定会想:这些人,咋这么笨啊?

首先,最容易错过秋那桶的人,是那些自驾者。他们凭着便捷的交通工具,沿着怒江边的公路呼啸而去,从丙中洛到秋那桶,也就是十八公里的路程,只需个把小时。不幸的是,往秋那桶拐的岔路上,路标只是一块并不太起眼的木条,被路边茂密的林子半遮着;而且,岔路口处在秋那溪桥旁转弯不远的地方,往秋那桶处去的又是一条被绿荫掩映的仅容一车通过的山路,毫不起眼。往西藏的察瓦龙方向的路,在这里却又直又宽,所以，加速行驶的车辆，从这里眨眼而过，如果没有人特别提醒，过了桥一般都往察瓦龙方向的大道直插过去了，估计直到他们发现轮下的这条一线悬渊的砂石路越走越让他们胆战心惊的时候，才会明白自己走过了。此时，置身于又窄又险的崖挂之路上，想调头都难，只能硬着头皮往前开，以找到一处可以调头的地方……折腾到最后，时间没有了，估计去秋那桶的心情也没有了。

其次，容易错过秋那桶的人，是那些骑行客。他们的交通工具虽没有汽车快，倒也呼呼带风，与汽车一样，常常一路狂奔，去了察瓦龙的方向，而一旦走过了头，就会一直懵懵懂懂地向前骑去……

其实，丙中洛与秋那桶相距约十八公里，应该说是怒江大峡谷中最具代表性的一段，江流浩荡婉转，群峰绵延耸天，江峡深度均达三千余米，风光山岚，雄丽超迈，是风景中的风景，精华中的精华，比美国的科罗拉多大峡谷牛多啦！人行其间，出凡入仙，画中韵致，如梦如幻。这里，真是上天为旅行者准备的一份丰美绝伦的大餐，任何一掠而过的游法，可以说都是对她的亵渎，唯有徒步者，才最能品味出其透魂润魄的鲜腴。造物主最眷宠的是背包客，因为背包客总是怀着一颗感恩的心，把自然的大美一寸寸地融入自己的灵魂世界里……所以，逸心而行的徒步者，极少有人错过秋那桶的。

也许你会觉得，秋那桶不过就是绵延数百公里的怒江大峡谷中的一个点，错过不错过，有什么重要的呢？当然，谁都有权利选择自己游览的方式，但是，容易错过者，毕竟有走马观花之嫌；对于旅行，最原始、最笨拙的方式，也许才是体悟和发现自然万象之美的最实用、最贴切的方式呢！事实也是如此，唯有徒步大峡谷的旅行者，才会把秋那桶也当成一道风景线来欣赏，他们大都会在这个原始而又美丽的怒族村寨里住上一天或两天，这里不仅有最独特的民族风情，更有世外桃源般的梦幻景致与山歌溪韵。

对于谁最容易错过秋那桶的问题，倒印证了一句古语：欲速则不达！最笨拙、最原始的方法，可能就是你能收获的最丰厚、最完美结果的方法呢！旅行和成就一切伟大的事业一样，是一个用心去享受创意的过程，只把某个点当成目标或目的地,不过是"到此一游"而已,错过与不错过,还真是没什么大的区别呢!

巩乃斯河谷悟"小"

青苑

在新疆旅行的时候,有一天,我们宿营在巩乃斯河谷。黄昏时分的夕阳,洒落在河谷东岸绵延的小山上,那覆盖在山坡上郁郁的青草,被落日的余晖渲染到了美的极致,色彩犹如彩虹般鲜丽,与飘浮在蔚蓝色天空里的云霞相映成趣;"哗哗"的流水,在我们的身后唱着古老的歌谣;"哞哞"的牛群,在我们的眼前悠然地啃着青草。我们站在谷底,却感到仿佛置身于一个童话的世界里……

当夕辉掠过低山,最后还在一座最高的小山头流连时,旅伴小张说:"我们爬上那座小山去追落日吧?"我连声说"好",于是就向那座小山奔去。谁知我们竟被牧包的主人叫住,他虽是哈萨克族人,但汉语却说得很好,"别去,天黑了以后,下山危险!"我们哪里会相信呢,说:"那山这么小,上下不过是半个多小时吧!"他说:"不!你只是看着它小而已,我们平时上下也得两三个小时呢。今天晚了,你们明天早上再去登山吧。"

第二天早上,其他旅伴还在睡觉,我和小张便踏着晨露出发了。小山上长满了没膝的青草,草下面竟然是非常陡峭的山坡。远远看上去,山低坡缓,似乎一口气就可以爬到山顶,可到了山脚下我们才发现那山如直立般拔地而起,仰头都看不到峰顶。我们刚爬了一小段路,便觉得体力不支,大口大口地喘气,这时才想起:这里的海拔是在四千米之上呢!我们只得拽着草茎,一步步艰难地攀登。在半山腰的地方,遇到一堵峭壁,我手脚并用地上到一半,竟然再也找不到有抓手的地方。我悬在那里,上不去,下不来,臂力难撑,眼看就要从峭壁上滚下去,幸亏小张这时已爬过了峭壁,却又够不着我的手,只好把腰带解下递给我,才将我拉上去。回头向下看看,惊得虚汗直冒:这要滚下去,不死也得残啊!一座看似半小时就可以很容易征服的小山,我们竟然用了两个多小时才气喘吁吁地登上山顶,本想爬到那里看朝阳的,现在却已是日出老高!

　　站在山顶,俯瞰着空旷的河谷,我们住的牧包竟然只有馒头般大小。小张叹了口气说:"空间制造的错觉,让我们高估了自己啊!"是啊,我们总是错误地以为自己非凡无比,做什么事情都觉得像征服一座远远望去非常不起眼的小山一样,轻而易举就可以获得成功,然而,一切都并非我们想象的那么容易,只有当我们踏上这座小山的登顶之路的时候,才知道它并不"小"啊!所以,我们在人生的路上,面对着每一个人、每一件事,都不可自视过高,不可把人和事都看"小"了啊!

不被牵绊的心

竹子

有一次,我在兰州旅行,去黄河上游的刘家峡水库游览时,以为下午就可赶回来,便和朋友买好了晚上离开兰州的火车票。然而,到了刘家峡之后,却发现这里有船沿着黄河逆流而上,可以直达著名的炳灵寺石窟,特别是这一路上,近百公里的黄河两岸的峡谷风光,更让我们充满无限向往。如果去炳灵寺的话,就要到第二天晚上才能回到兰州,此时,我们怀里揣着的那张车票,却像一条无形的锁链,绊住了我们充满渴望的心灵,弃之不忍,只能眼睁睁地看着去炳灵寺的游人们,乘上游船,犁开碧波,一点点地消逝在我们的视线里,好不让人郁闷啊……

自从这件事过去之后,不管去哪里旅行,我都不会再做用一张小小的"车票"来牵绊自己灵魂自由的傻事了。因为旅行本身,就是一件放飞心灵、逐兴畅志的事情,许多美妙的景致,往往就出现在你意想不到的前方,吸引着你前行的脚步,无拘无束地走过去,慢慢地品味自然之神亲手烹饪的美的盛宴,这是何等的惬意啊!

在旅行的时候,总会有一些驴友责备我"路书"做得不够细致,其实,是我不想用过于细化的行程框住了灵魂,迷住了探索的眼睛。只要有一个大方向，前面的任何一处美景，我们都可以慢慢地去欣赏，尽情地来感悟，一点点地融入我们生命之曲的旋律中。我们可以在某个自己特喜欢的地方小住几日，也可以在自己没有感觉的地方一掠而过；别人偶然探寻到的某个去处，也可以结伴与他们一起去游览；自己无意中发现的好景色，也可以与他人一起去分享。美妙的大自然，需要轻松洒脱的心灵，才能尽得其诗意和禅韵之美啊！

我们常说，人生如旅行，如果在生命的岁月里，我们的心不被牵绊，那么，我们就能走更远的路，欣赏更多的盛景，得到更多的灵魂慰藉！

泊之韵

竹子

那天,我们从轮台出发,租车去游览生长于塔克拉玛干大沙漠里的胡杨林。穿行在茫茫沙海之中,映入眼帘的,先是一些零零落落、干裂枝焦的枯树,继而是一些虬枝之间偶有新枝勃发的树景。最后,我们的车子在胡杨林中停下,这里虽是风干气燥的沙漠戈壁,却有许多胡杨干粗枝壮地挺拔于林中。此时,已心生疑惑:为什么这里的胡杨会生长得如此不同呢?

下了车,我们沿着一条林中小路前行,愈往前走,胡杨愈是林密株壮、葳蕤鲜活;更有一些大树,冠盖相接,雄蔚参天;彩翼的小鸟,在叶间飞鸣;可爱的树獭,在林中攀爬。诗音说:"大漠胡杨,长势竟然如此夸张,怎么不是传说中虬枝嶙峋、干砺柯裂的模样呢?"

正大家在胡乱猜度之时,突然,一条浊流滚滚、气势磅礴的大河横亘于眼前,阻断了我们的去路,大家都不约而同地发出一声声惊叹:"这胡杨林中,怎么会隐藏着一条如此巨大的河流啊!"阿枫说:"这可能就是传说中的塔里木河吧?"大家似乎都在这一瞬间豁然顿悟,齐呼:"对,这就是传说中的塔里木河!"

与塔里木河的意外相遇,竟让我想起了罗布泊,想起了楼兰古城!许久许久以前，这条发源于天山和昆仑山的河流，其归宿曾经是罗布泊，她在那里制造了一个烟波浩渺的水天泽国。楼兰临水而立，雄居一方，并在广袤沙漠腹地，创造了灿烂的绿洲文明。然而，不幸的是，一次特大沙暴，掩埋了塔里木河注入罗布泊的河口，从而使这匹"脱缰的野马"改道，罗布泊干涸，楼兰古城也仿佛在一夜之间消失……

那年，我和几个驴友一起徒步喀纳斯。早上离开了禾木后不久，我们便进入了高原草场，这里虽然野草丛生，却很少见到羊群游弋。带的水喝光了，也没处可以补充，焦渴难忍的我，不断地问向导哪里可以找到水源。这个哈萨克汉子也只会用手指前方，估计是他不会用汉语表达。到了中午时分，远远地看到碧野蓝天之间，有许多羊在悠闲地吃草。向导用很生硬的汉话说："前边有水啦。"

走近羊群，我果然看见两个相邻的小水坑，还有羊在坑中啜饮。我说："这水能喝吗？"向导摇了摇手说："有羊尿。"

我们继续向前，原来注入小坑的是一股涓涓细流。在远离羊群处，向导在一个小水涡里取水给我们喝，算是解了燃眉之急。我又问向导："这水流的源头在哪？"向导又是笑着用手指了指前方，呵呵，他不指，我也知道水源是在前方……

下午四点来钟的时候，透过苍茫无碍的空旷，我们远远地看见一座算不上雪山的雪山。说它是雪山，雪少得也仅仅是把它染成一种象征性的似有若无的霜白而已。向导指着雪山说："它是这片大草原上唯一的水源。"

走到雪山旁，我们发现这里竟然有一个林立着四五十个毡包的哈萨克族牧民群落，而一个差不多有足球场那么大的湖泊就在群落的旁边，一条来自雪山融水的细流正源源不断地注入这个高原寒泊之中。我问向导："这山叫什么名字？"向导说："没名。"他指了指湖说："这个叫黑湖，那么，这山就叫黑山吧！"向导的幽默让人忍俊不禁……

湖边坐着几个哈萨克族少年，正看着我们笑呢；一些牧马，闲散地在湖边转悠；远山的倒影，映在幽蓝的湖心；山坡上游移的羊群，与天际变幻的白云相映成趣；湖泊虽然不大，却让整个草原充满了生气……

人们都说，水泊是有灵性的！当塔里木河成就了罗布泊的浩瀚之时，楼兰文明便在那里诞生；当雪山的融水成就了高山寒泊黑湖之后，纵马驰骋于高原牧场的哈萨克族人便有了归属感！

中国的古代先贤无不是视人的聪明灵性如水，空空地流去，便悄然无声地消匿于莽原或山间，一旦聚而成泊，那就是创造生发之源，就是智慧！有了智慧，我们就可以创造生命的伟大和卓越，就可以获得生命的归宿感和幸福感！

诗意行走的背包客

背包客,是心灵最奢侈的旅行者,因为他们以最少的花费,享用了天地之美最丰厚的盛宴;以最简约的方式,饱览了岁月之手在地球上创作的最撼人心魄的立体画卷。在他们的脚下,没有走不到的秘境;在他们的眼中,没有欣赏不到的胜景;在他们的心灵里,没有接纳不了的风情。

幽寂的湖泊

昊天

暑假里,在从大香格里拉行至中甸的时候,与几个驴友相约到小中甸的千湖山去走走,据说那里山深林密、人迹罕至,自然风光原始古朴,只有为数不多的探险者敢于涉足其间,大饱眼福。有这样一个充满挑战性的好去处,怎能不让我们心痒呢?

我们天还没亮就已乘车早早出发,上午十点到达了千湖山下的一个藏族村寨。司机为我们找了一个会说汉语的向导,他叫格桑,是一个黑黑的藏族汉子。

在格桑的带领下,我们一路爬山而上,穿行于葱茏茂密的原始森林之间。几个小时之后,我们走出了原始森林,眼前是空阔阔、青郁郁的草原,一眼望去,可以看到两间牧民的木屋和悠然吃草的几头牦牛。草地很湿,踏上去水渍渍的,低洼之处有一汪汪积水,有的形似一片片的小湖泊。我们禁不住问道:"格桑师傅,这些就是千湖山中的湖泊吗?"格桑很开心地一笑说:"湖在草原那头的深山里呢。"

于是,我们稍作休整,跟着格桑越过了泥泞的草地,又一头扎进了原始森林中。森林里没有路,也辨不出方向,如果没有格桑,我们会迷失在林中。脚下是厚厚的、湿漉漉的苔藓，到处是腐朽的树枝和横亘的枯木。头上枝柯横蔽，林中阴影浓重。也不知又行走多少路程，透过幽暗的树丛，突然看见前边一片亮堂明净。我们禁不住喜形于色，一声狂啸，向前跑去。啊，好一片美丽的湖泊，静静地躺卧在群山的怀里，无声地依偎在森林的身边。她像一面光洁的镜子，映照着蔚蓝的天空、飘逸的白云、山林的倒影。我们沿着湖边，从不同的角度把她的美景摄入镜头的同时，也摄入了我们的心灵。格桑说："这个湖泊叫祈雨湖，每当有旱灾发生的时候，我们全寨的人都会来到这片湖泊边祈雨。"

游罢祈雨湖之后，我们又跟着格桑在大森林里转了许久，他又把我们领到了一处三面都是山岩绝壁的湖泊前。格桑说："这个湖叫龙洞湖。你们看到湖对岸的那座没入云雾、时隐时现的山峰了吗？她就是我们的索那圣山，每年夏天，有体力的人都要爬到山顶朝拜一次。"

望着那座耸天而立的山峰，我们又禁不住从心底发出一声声惊叹。当我把目光从山上收回到湖面的时候，一个念头刹那间在我心里一闪，便问道："格桑师傅，这山里有这么多湖，那一定会盛产很名贵的鱼吧？"

谁知格桑听了我的话，却叹了口气说："我们千湖山中的湖虽多，却没有一个湖里有鱼的。"他的话，让我们一个个都瞪大了眼睛，说："有水必有鱼，这里怎么这样奇怪啊？"格桑说："你们知道我们这山中生长最多的是什么树吗？是杜鹃。每年春天虽然花开得满山遍野无比绚烂，但是，杜鹃树叶却毒性很大，每年都会有许多树叶落到湖中，致使湖水成了毒水。山中的湖泊虽然美丽异常，很有观赏价值，却是名副其实的幽寂的死湖啊！"

格桑的话又一次引发了我们这些游人的无限感慨。我说："千湖山无疑是一座充满勃勃生机的大山，虽然没有看到蜿蜒的溪流，却布满了幽静的湖泊，唯一遗憾的就是这些死寂的湖泊收敛了游人许多的幻想。"一个驴友笑了笑说："美丽总是与遗憾相伴，但是，唯有遗憾才能将美丽推到美的巅峰。这没有鱼游虾戏的幽寂湖泊，是不是会更容易让我们联想到，这些深藏于山中的湖泊更像内心永远平静的处子啊！"

走上橘子洲头

展鹏

许多年来,我一直怀着一颗朝圣者的心,热切向往那独立于湘江中流的橘子洲,渴望置身其中,看看湘江北去的壮阔场景,感受一代伟人毛泽东曾站在那里"指点江山"的洒脱,聆听那滚滚的流水仍激荡着的湘楚壮歌!

今年暑期,我终于到了长沙,顾不得休息,我便来到了橘子洲公园。青年毛泽东的巨型雕像首先映入眼帘,他那凝目远望的眼神,让你能感受到一种穿透灵魂的力量。我沿着江边的水泥路前行,穿过了一片已挂满青果的橘林,一块巨大的石碑傲立,正面"橘子洲头"四个遒劲的大字,如虬舞云中之姿;另一面是毛泽东亲笔书写的《沁园春·长沙》,有笔走龙蛇之势。

我伫立良久,欲诵"独立寒秋,湘江北去,橘子洲头"……诗未吟,心先动,不禁想起了自己少年之时为毛泽东的这首充满英雄主义和浩然正气的诗作所激励的情景。那时,我坐在教室里,口中一遍遍诵读"恰同学少年,风华正茂;书生意气,挥斥方遒",心里一次次对自己说:男子汉一定要活得顶天立地,活得轰轰烈烈;大丈夫不做事则已,若做的话,就要以青山一样永不低头言败的意志,以江河一样百折不回一往无前的坚韧,铸梦成真!

从那时起,我就一直把一枚毛泽东穿军装、戴八角帽的陶瓷像章挂在案头。每当我感到自己有些意气消沉、看不到希望的时候,每当我感到自己的心灵被虚荣所劫持、被功利所迷惑的时候,只要看到毛泽东那双透着刚毅和沉静目光的眼睛,就获得一种勇于向命运挑战的力量,感受到一种使命的呼唤。生活如行舟,转眼间我也早已从那青涩的岁月进入了壮年的行列;但是从青年毛泽东这首伟大诗作中汲取的豪情,却一直激荡在心中。

离开了诗碑,走过了颂橘亭,我便快步来到了橘子洲头。临水伫立,放眼而望,两岸青山隐隐,大江浩荡,湍急的江水扑到橘子洲头之后,被分成"人"字形的两股激流奔腾而去。我突然感觉到,在这汹涌的洪流中兀然而立的橘子洲,多像一艘永不沉没的巨型战舰,一直在漫漫的岁月长河里劈波斩浪、驰骋向前啊!

站在橘子洲头,遥望湘江东岸,透过那浓浓的树荫,隐约可见毛泽东当年就读的湖南第一师范园。当年,毛泽东走出韶山冲,曾写下"男儿立志出乡关,学不成名誓不还"的诗句。他在湖南一师的"修学储能"的五载中,有时独自一人穿越急流,从学校游到橘子洲;有时和同学们在洲头的那棵巨大的朴树下纵论天下大事,"问苍茫大地,谁主沉浮",他奋笔写下:"五月七日。民国奇耻:何以报仇?在我学子!"此时,我的耳边仿佛听到了青年毛泽东的激昂声音,感受到那个年代的腥风血雨。

与橘子洲遥遥相望的是岳麓山。青年毛泽东为了练就自己承当历史大任的钢铁意志和强健体魄,不但常常在湘江里"中流击水",而且常常去爬岳麓山。一天晚上,他刚爬到山腰,忽遇大雨,他索性脱去上衣,让自己彻底地经受一次狂风暴雨的洗礼。当他光着膀子爬上山顶,看着雷电在山上闪耀、群山被踩在脚下的时候,一种自豪感油然涌上心头。今天,我站在橘子洲头,凝神而立,侧耳倾听:那呼啸的江风里,仍然回荡着这豪迈的呐喊;那翻卷的激浪中,仍然轰响着一代伟人自信激昂的强音。

我立于橘子洲头,面对大江,一任思绪在历史的天空中翱翔。我想,人们慕名来到橘子洲头,并非只是为了看景,更是为了能在这里感受到一代伟人铸就人间奇迹的精神!

　　橘子洲头啊,我在这里留下的是匆匆的脚印,带走的却是永恒的精神!

诗意行走的背包客

思源

人生于天地之间，谁没有一颗对大自然的雄丽之美充满渴望、对神秘的远方充满向往的心灵？诗意地行走，曾是多少人怀揣的浪漫之梦？然而，只有那些勇于听从心灵的呼唤和拥有探险精神的背包客，才能把炽燃的梦想装入行囊，背上行囊走向他们憧憬的远方，在他们流连的青山绿水、大漠荒原间穿行流浪。

背包客，是心灵最奢侈的旅行者，因为他们以最少的花费，享用了天地之美最丰厚的盛宴；以最简约的方式，饱览了岁月之手在地球上创作的最撼人心魄的立体画卷。在他们的脚下，没有走不到的秘境；在他们的眼中，没有欣赏不到的胜景；在他们的心灵里，没有接纳不了的风情。开放的灵魂，可以拥宇宙于胸怀，坦荡的大自然，当然更是大方慷慨。因此，群山向他们招手，雪峰向他们展颜，莽原向他们呼唤，川海把他们等待……

当人心渐渐趋于浮躁，旅游大巴拉着游客以快餐式的节奏在各个风景点匆匆而过的时候，背包客则选择了远离喧嚣，用双脚去一步步地丈量在宁静的大地上盛放的美丽。在梅里雪山深处的那个被称为人间天堂的雨崩村里，一个背包客在神瀑客栈的木楼壁上写下如此的感言："行艰如在地狱，心美却在天堂。"尽管途中充满重重的挑战和危机,但是,背包客绝不会放弃对"天堂"之美的追求。在位于阿尔卑斯山一条风景极佳的峡谷入口处,有一块标牌上写着:"慢慢走,欣赏啊!"其实,这几个字,也正是对背包客的潜意识和本能习惯的真实写照。

在西藏阿里通往"神山"岗仁波齐的路上,在那人迹罕有、空旷苍茫的荒原上,我们曾遇到一对来自广州的背包客,由于对徒步探险的共同炽爱,他们选择了徒步西藏阿里的挑战和考验。尽管他们的肩上都扛着又大又重的旅行包,但是,他们脸上洋溢着幸福的光芒和自信的神情。望着他们踏出的坚毅步伐和渐行渐远的背影,我们心里涌动着一种难以言说的感动,我们默默地为他们祈祷:神啊,请赐福给他们吧!

在怒江大峡谷,我曾遇到过一个叫玲玲的女孩。在那青山耸峙、江流怒吼的岸边小路上,她独自一人悄然而行,胸前挂着一部单反相机,背后是一个红色的旅行包。大峡谷里的景色,让她简直到了痴迷的地步,那连绵不绝、云缠雾绕的山峰,那悬挂在半山崖壁上的怒族小木屋,那江湾里如世外桃源般的村寨,那曲折蜿蜒、浊浪翻卷的流水……行走在这一步十景、景景奇绝的江峡之中,她都觉得这里的美有些不真实了!她叹息着说:"我都怀疑自己是不是被神灵带进了一个虚幻的仙境里了!"我说:"你喜欢一个人独行吗?"她呵呵一笑说:"我倒是希望三五个志趣相投的朋友一起走。但是,合适的旅伴难觅啊!与其凑合,还不如让自己一个人悄然融入大自然超妙的化境中,慢慢地感受天人合一的快意呢!"

背包客,就是这样一群热爱自然、酷爱自由的诗意行走的勇敢者,不管他们是三五结伴,还是独行天涯,他们的共同特点就是愿意以最原始的远游方式,去欣赏一般的旅游者难得一见的最原始的自然风光。这不是为了炫耀,而是出于自己灵魂深处对美的渴望;他们也不一定是诗人,但是,他们的心底一定常常澎湃着诗意的冲动。他们用双脚在大自然的琴弦上踏出的美妙音符,会常常在他们心灵的琴弦上奏起让自己陶醉的天籁之曲!

最纯净的笑容

志强

如果你到西藏旅行,就会发现:那里除了有最蓝的天空、最白的云朵、最美的雪山和最清澈的湖泊外,还有一道更美的风景,那就是绽放在藏族同胞脸上的最纯净的笑容……

第一次去珠峰的时候,我们的车子陷进了被雨水损毁的路上。看看天色,已是黄昏时分,司机达瓦凄然地说:"看来今夜要在这里宿营了!"大家钻出车子,望着四面薄暮正慢慢降临的空山旷野,谁也笑不起来。突然,有一辆车子驶了过来,在离我们有二十来米的地方停下,一个中年的藏族司机下车,竟然径直地向我们陷车的地方走去。他看了看车子陷落的情况,简单地和达瓦用藏语交流了几句后,便到自己车子的后备厢里拿出钢绳,在两台车上挂好,然后,两个司机回到车里一起启动车子,刹那间便把陷落的车子拉了出来。我们几个高兴得跳了起来,高喊着"万岁"跑向中年藏族司机,向他道谢,他憨厚地笑着说:"不谢,不谢。帮你们,也等于帮我自己!"

还有一次,我在山南车站买票,售票员说:"没有零钱,你再给我两元,我找你五十。"然而,我摸遍了全身的口袋也没找到两元零钱。我对售票员说:

"真不好意思,我还真没有两元零钱。"我的话音刚落,站在我身后的那个藏族小伙子就递进窗口两元钱说:"你把钱找他吧。"接过售票员找回的钱,我心里暖暖地说:"怎么感谢你啊?"小伙子只是对我很灿烂地笑了笑,什么都没说。然而,这笑却让我从心底涌起一种难以言表的感动和温馨。

去年到阿里的"神山"岗仁波齐,在通过一片乱石滩的时候,我脚下一不小心踏空,掉到了水里。我背着重重的旅行包,一下子竟然没有爬上来,正好有三四个转山的藏族小姑娘从我身边走过,她们马上过来,一个姑娘先把我的背包拿下来背到自己身上,另两个姑娘把我从水里拉出来,并且一直小心地护着我走出最危险的地段。来到安全的地方后,那个背包的小姑娘还帮我把包背好,不等我说声谢谢,她们便快乐地笑着向我道别:"扎西德勒!"然后像风一样离去了,但是,许久之后,我还能听到她们那迷人爽朗的笑声……

西藏之旅,让我深深地感受到:纯净的山、纯净的水养育了一个心灵多么纯净的民族啊!他们内在的善良、真诚、热情、虔敬和乐于助人的美德,更是通过映现于他们脸上的那无比纯净的笑容,与山、水、天空共同构成了西藏的大美啊!

旅行者的心灵

炫明

旅行者在崎岖与坎坷的路途上迈出双脚,并不是源自他们喜欢自虐,恰恰相反,是因为他们特别喜欢心灵的飞翔。他们不想像一棵树那样默默地聆听流浪的风带来的消息,而是渴望自己就是那流浪的风,在岁月里去经历他们能够经历的一切,在大地上走过他们能够走过的地方。尽管他们不是行吟诗人,但是,在他们心灵的琴弦上却流淌着大自然最美妙的音符,流淌着人世间超越了时空的最古老的歌谣……

旅行者因为喜欢将自己的心灵放飞于大山之中,所以,在他们的精神世界里,有着雪峰冰川的雄浑壮丽,有着谷壑峡涧的幽远深邃,有着泉流瀑落的激奋昂扬,有着岳峙峦峤的挺拔巍峨,有着岭连丘延的绵长悠然。胸有谷壑自飘逸,腹存峰峦长怡乐。旅行者虽然不是深匿于山中的隐士,却有着隐士般超然于俗世的洒脱灵魂和怡然自得的情怀。

旅行者因为喜欢让自己的心灵与澎湃的江河一起奔腾,所以,在他们的灵魂深处,有着江风的浩荡、河涌的激越,有着江流冲峡越涧的呼啸轰鸣,有着岸宽水阔的柔缓平静,有着负千帆而无怨的宽大胸襟,有着纳万川而不拒的若谷虚怀。滚滚万里不停步,我到哪里哪是路;不问前途何所畏,阅尽春色心自足。旅行者的灵魂,无疑就是这样的一条执着的江河!

旅行者因为喜欢让自己的心灵融入大海那无边的蔚蓝里,所以,在他们内在的个性中,有着浩渺无边的波澜壮阔,有着吞月吐日的大气磅礴,有着鲸戏龙游的勃勃生机,有着云蒸霞蔚的晨夕绚烂,有着海天相接的广袤空旷,有着一碧万顷的漫然浩瀚。在大海面前,旅行者也许会感受到自己躯体渺小得如一粒沙,但是,让他感到自豪的是自己的心灵能装得下整个大海。

旅行者因为有着青山一样的意志,所以,他们喜欢挑战自我;旅行者因为有着江流一样的执着,所以,他们有着百折不回的灵魂;旅行者因为有着海洋一样的胸怀,所以,他们活得洒脱轻松。

旅行者常常会与朝圣者同路而行,但是,朝圣者的膜拜是来自宗教对自然的神化,而是旅行者的激情和冲动,却是源于他们心灵深处对自然之美的炽爱和崇敬。

逢梁王于一时

炫明

一个小小的坟墓,如果说埋藏的是一部个人生命史的话,那么,一座巨大的王陵,有可能埋藏的就是一个时代的风流了……

前几天,独自一人骑车去百公里外的芒砀山游逛,不想却在这里见到了梁孝王"凿山为陵"的墓葬。这个在中国历史上曾领军创造过一个辉煌时代的汉景帝的胞弟刘武,虽然只活到四十岁便暴病遽亡,但他却以海洋般宽广的襟怀接纳天下的贤才文士,修筑梁园以供冀扶植。一时间,梁园内龙吟虎啸,鸢鸣鹰唱,神思接宇宙,诗赋通八荒,魂雄气炽,魄荡心旷,文可令屈原启颜欢笑,赋能让宋玉目瞪舌僵,正如公孙诡所赞:"叹丘山之比岁,逢梁王于一时!"

不管是谁,只要徜徉于梁孝王的陵前,就不能不想起曾在他的麾下,驰骋于中国"赋苑"里的那些风流人物。至于梁王的梁园里云集了多少才高八斗、文采四溢之士,当然已不可考,但据《史记》和其他的一些史书所载的一些人的名字,就足以透典而出,光耀千秋!

首先是枚乘,早年曾在吴王刘濞的王廷里做客,由于极力谏阻吴王起兵反叛朝廷无果,遂离开吴国而成了梁孝王的座上客。宾主相亲相敬,园中唱和辞章，可谓：四海风云铸胸臆，九州胜景流笔端，篇篇赋咏惊华夏，字字迥韵泣鬼神。特别是一篇《七发》，腴辞云构，夸丽风骇，磅礴大气，文倾天下，并由此拉开了汉大赋的序幕。其中的妙词警句，更是让人回味无穷，比如"洞房清宫，命曰寒热之媒；皓齿蛾眉，命曰伐性之斧；甘脆肥脓，命曰腐肠之药"，直到今天，读之依然发人深省。

其次是邹阳，特别富有传奇色彩。他是枚乘的至交好友，曾经同事吴王，因刘濞谋逆，便和枚乘一起来到了梁国。后来，因为遭受陷害入狱，他写下《狱中上梁王书》，以哀婉悲叹之中饱含激愤的笔触表白心迹，竟成千古传诵的名篇。梁王读之，且喜且泣，立即亲迎他出狱，并从此尊为上客。他的《酒赋》和《几赋》对后世的影响亦非常深远。

当然，提到梁园，更不能忽略的就是那个把汉大赋推到极致的重要人物——司马相如。他自幼热爱文学和琴艺，最初，父亲捐钱为他在朝中谋了一职，由于他仪表堂堂，被安排在汉景帝身边任侍从，并负责接待工作。由于景帝不爱文赋，尽管他在帝王身边任职，依然有怀才不遇之感。平定了刘濞等七国之乱后，梁王带枚乘、邹阳、严忌等人进京朝贺，而严忌正是司马相如少年时代志趣相投的故友，经他引荐，得以拜枚乘为师，自此两人常常形影不离，谈得心契言和，真是相见恨晚啊！等梁王辞别归国之时，司马相如便以病为由，辞职来到了梁国。在梁园，由于得到了枚乘的指点，他的文学天赋很快便盛开了艳丽的花朵。一篇《如玉赋》，喜得梁王刘武竟把自己的心爱之物"绿绮"古琴赏赐给了他。

除了《如玉赋》之外，司马相如在梁园的创作中，《子虚赋》可以说最负盛名，以致后来登上皇位不久的汉武帝刘彻读罢，竟误认为是古人的大作，感叹道："恨我不能与此人生于一时也！"侍立在身边的犬监（主管皇帝猎犬的官员）杨如意说："臣的同乡司马相如曾自言是此赋的作者。"刘彻大惊。就这样，因梁孝王死而赋闲在家的司马相如，再遇知音刘彻，便又一次登上了一个更加广阔的文学创作的大舞台，从而把汉大赋的创作推到了辉煌的极致。其辞藻富丽、结构宏大的《上林赋》《大人赋》等就是这一阶段的代表作，而他本人，也被后世称为"赋圣"和"辞宗"……

一个人的出身，可以说是极具偶然性。但是，一个人要想成就其一世的卓越和风流，如果没有宽广的胸怀、深厚的素养和勃勃的雄心，那他一生就不可能有所作为。像刘武这样靠祖荫而为王者，天下不知曾有多少，但是，像他那样富有雄才大略而又酷爱文学的王者能有几人？俗话说"山深猛虎啸，海阔蛟龙吟"，正是因为刘武是一个有着山一样志趣、海一样襟怀的王者，所以才能在他的梁园里云集了那样一批如猛虎蛟龙般的风流人物；而这群风流人物，在那个时代的大环境下，也只有在遇到了像刘武这样的王者，才能开创赋体文学的一个登峰造极的伟大时代！

登上筑就王陵之山的峰巅，极目四野，我也情不自禁地颂道："叹丘山之比岁，逢梁王于一时；感《七发》之宏丽，赞《子虚》之逸势；开千秋之赋宗，成万代之典笔……"

享受天地间的诗情岁月

雪松

在湘西那座著名的凤凰古城中,我拜谒了沈从文的故居之后,心中便萌发了去沈先生的墓地看看的冲动。我虽不认得路,但却发现凤凰城中的居民个个都是古道热肠的活路标,他们会告诉你:"出了东门,沿着沱江,一条路就可走到听涛山下,沈先生的墓就在半山腰中。"

与古城中游客如织的街道相比,走在这条路上,陡然让人感到清静了许多。窄窄的小路两旁矗立着连绵的民宅,仿佛有一种走不到尽头的感觉。走着走着,一个路标突然出现在眼前"沈先生之墓由此而上"。我真有点儿不相信:沈先生的墓怎么能与吵闹的民居挨得如此之近啊?我顺着指示牌一路而上,俯视蜿蜒而流的沱江,才渐渐地有了一种沈先生绝尘而息的感觉。

听涛山并不高,我很快就爬到了一块标志牌前,上面写着"沈从文之墓→"。牌旁是一条木长凳,我坐了下来,想静静心再去与先生之灵冥谈一番。休息了三五分钟后,我起身向前,没走二十米,竟然又碰上了一块标牌,写着"←沈从文之墓"!我心中暗惊:在这二十来米的空地上,除了依山立着一块高不足两米的扇贝形的五彩石外,哪里有墓?迷惘之中,忽有所悟:

"啊！这块融青山于一体的石头就是先生之墓啊！"原来按照沈先生的遗嘱，他的骨灰一半洒在了沱江的流水之中，一半就葬在听涛山上这块石头之下。水的灵动，山的坚毅，不正是先生的生命之曲中最悠扬瑰丽的乐章吗？

我怀着崇敬的心情伫立于沈先生的墓前，细细地品味着先生自撰的墓志铭："照我思索，能理解我；照我思索，能认识人。"这一个"我"字，一个"人"字，其中蕴蓄了多么丰富的内涵啊！我们的生命从"来于泥土到归于泥土"，这不过就是几十年的时间，然而，正是这几十年的时间，让我们有了一个把"小我"铸就成"大写的人"的神妙过程，为我们从卑微走向伟大提供了无限的可能性！能作为一个人而生于天地之间，已是我们的幸运；如果能怀着一种积极和阳光的心态，来尽情地享受这段生与死之间的诗情岁月，让智慧之花尽情地绽放于生命之树的枝头，那便是这幸运的极致了。以此论之，沈先生面对自己的一生，一定会笑得灿烂无比！

轻抚着眼前的这块下面葬着先生骨灰的五彩石，心中有一种很难诉诸语言的感动。遥想当年，先生尚在垂髫之时，也曾像任何一个普通的顽童一样，以孩子的方式享受着大自然慷慨的赐予；他不顾父母的阻止和惩罚，常常下到水深流急的沱江捉鱼嬉水，登上林木苍翠的听涛山爬树掏鸟窝，逞能与人结伴打架，甚至在逃学时把书包放到天后宫中娘娘的塑像背后，放学时再拿着书包若无其事地回家……然而，有一件事彻底地改变了先生的人生。

有一天，他在逃学后的第二天来上学，老师毛先生没有让他进教室，而是罚他在一棵楠树下静思己过。挨惯了各种各样的批评的小从文对此毫不在乎。可是，当下课后毛老师向他走来的时候，脸上并没有一丝威严，而是很和蔼地拍着他的肩膀说："从文啊，你抬头看看自己身边的楠树吧，两年前你走进学校时它应该与你差不多高吧，可现在它却长得枝繁叶茂、葱郁成荫了，再过几年，它就应该能成材了吧。可你呢？这两年里，在学业上可有什么长进吗？这样下去，你何时能成材？就连树都知道往高处长，而你却不思长进，站在这棵树下，你不觉得惭愧吗？"也许小从文已到了灵魂觉醒的年龄，毛先生的话竟然一下子让他感动得泪水直流。他暗自发誓：

"一定要与这棵小楠树一起成长、成材！"

从此，他告别了懵懂的岁月，开始在书山中攀越、文海里畅游，人生的梦想之花在他年轻的胸中如火如荼地怒放开来。然而，他的学生生涯在他十四岁那年便戛然而止，他作为一个士兵从此离开了家门，在沅江一带漂泊。但是，毛先生的话对他的影响从没有停止过，无论走到哪里，他都眼不离书、手不离笔、心不离人生的梦想！一个人的成材，除了来自这样的勤奋，这样的执着，这样的求索，难道还会有其他的捷径吗？二十一岁那年，他只身闯入北京，从此开始了充满激情和灵感的创作生涯。二十六岁那年，这个连中学毕业证书都没有的年轻人，在文友徐志摩的推荐下，竟然到上海胡适任校长的公学当了讲师；后来更加一发不可收拾，还曾担任西南联大和北京大学的教授。三十二岁这年，沈先生在一年里完成了具有划时代意义的《边城》的创作。从此，他充满灵感的创作达到了一个又一个的高潮，一生出版小说和散文八十余部，成为中国近代最伟大的作家之一。有学者评论他"是一个靠自己一大堆作品在国内外站得住的文学家，一个中国少有的在全世界面前能够代表中国的文学家"。

在凤凰古城中，从中营街沈从文出生的那个四合院到他听涛山的墓地，距离不足四华里，他却足足走了八十六年。而就在这八十六个春夏秋冬的交替之中，他把自己从一个"小我"造就成了一个"大写的人"，蝉蜕蛇解，终成中国历史天空上的一条巨龙！人生的幸运之处，就是一个人会拥有这样一个蛇蜕龙变的机会，能享受到这样的一个蜕演的过程……

站在沈先生的墓前，我深深地感悟到：生与死，绝不仅仅只是一个充满宗教意味的简单轮回，而是一个诠释生命的意义和价值的伟大过程！我们幸运地生在这个世界上，就是为了淋漓尽致地享受这个伟大的过程，享受这个过程中的诗情岁月！

拥春的心境

思淼

清明节放假期间,作协的张主席忽然想起我们去年徒步武家河时穿行在岸边桃林的情景,他说:"现在武家河畔的桃林,一定是到了桃花盛开的季节了,我们何不将这一个季节的美丽揽入怀中,化作我们一生的记忆呢?"这是多么具有诱惑力的语言啊!

于是,清明这天,我们一行十余人,迎着朝晖,驱车二十余里来到武家河畔,却见岸上桃花,犹如二八少女,娇羞半开。粉红的蓓蕾在枝头摇曳,只有一少部分嫩白的花朵开得妖艳致极。漫漫长堤,虽然还未出现如霞似锦般的灿烂,但那羞羞答答、欲开欲绽的美丽,却让人更能从心底细品出不尽的韵味,感受到不尽的诗意的浪漫。这桃花让我想到了蒙娜丽莎的微笑,她内心的喜悦似乎刚流到口角,竟不意陶醉了世界。

我漫步在岸边,踏绿而行。滢滢春水,平之若镜,天空中的云,河畔上的树,都在波中映着倒影。没有风的喧嚣,也没有人的浮躁,大家都以自己喜欢的方式,或徜徉,或独坐,或对花而语,或促膝而谈……在大自然的怀抱里,我们每个人都是任性而为的孩童,如风中之蝶般随意起舞,欣悦的音符荡漾在心灵的琴弦上,每个人都用笑意在脸上写着"舒畅"两个字!

　　张主席在桃林中寻得一片草地,招呼大家席地而坐。他笑眯眯地说:"我们开个诗会如何?"不想林中一片寂静,显然大家都没作诵诗的准备。忽有一个年轻的诗人说:"我还真诌了几句,请大家指教。"他吟道,"枝上的蓓蕾,让我想起初恋的情人,如今你在哪里绽放?可知我还捧你在心……"有人开心地说:"如果今天是花满枝头,你又会想到谁啊?"大家一阵欢笑。接着,张主席也来了一首:"赞美春天蒸腾的阳气,让万物晔华;拥春的心境,似半启的桃花:一半春意留心底,一半灿然若朝霞……"

　　诗会虽不长,但张主席的诗却颇耐人寻味。坐在我旁边的一个朋友说:"今日的游览,有些兴味难尽的感觉,下个周末再来的时候,一定是两岸锦绣、繁花连片啊!你还来吗?"我笑了笑没答,但是,却对"拥春的心境"有了更深切的理解:留些希望、留些快乐在心头,让我们去慢慢地品味,慢慢地期待,慢慢地享受,难道还有比这更美的心境吗?

去远方流浪已渐成了一种习惯，每当这个时候，我的心灵，便像是一只倒空了的竹篮子，渴望着到大自然中去采撷我喜欢的鲜花和野果；不管是在青山峡谷，在大漠荒原，还是在湖海江川，我总是在鲜花的美丽中陶醉，在野果的馨香中欣悦。

灵魂与风景

智渊

永远都不会忘记那次丽江之行,我在长江第一湾前看到的那一幕。那天,我们一车散客,乘坐旅游大巴来到长江第一湾前,只见浊流滚滚的江水,自北而南呼啸而下,却在石鼓镇前被大山挡住了去路。暴涨的大江,犹如一条愤怒的虬龙,又调头北上,从而在这里形成了一个巨大的"U"形江湾。

一位石鼓镇老人主动走过来给我们做起了讲解员。他说:"我们应该感谢这个'U'形江湾,因为长江在这里一回头,她便穿峡越涧,义无反顾地踏上了漫漫征程,不但因此形成了天下最雄奇的虎跳峡,而且,更重要的是她还流过了中国大地,成了中华民族的母亲河。大地苍茫,青山巍峨,江波浩荡,置身此间,你不觉得自己就是长江之歌里的一个灵动的音符吗?"

谁知老人话音刚落,就有一个游客接过话茬说:"不就是一条河在这里转个弯吗,有什么好看的?"老人看了看那游客,叹了口气说:"没有诗意的灵魂,你就不可能从天地的大美中得到诗意的感动;你有好看的灵魂,才能欣赏到好看的风景啊!许多人在此感受到的是'眼底大江流,胸中峰岳耸',你却觉得这里没什么好看的,这说明什么问题啊?"

虽然老人的话有些尖锐,却让我产生了强烈的共鸣,我也相信:好看的风景，一定是自己好看的灵魂的映射！

旅途中，我最怕听到的一句话就是"那里没什么好看的"。就这么一句无聊的话，往往把人们赏景的心境破坏殆尽。明明是一个美丽的湖泊，他们偏偏要说"一个破水坑，有什么好看的"，明明是一座雄奇的大山，他们偏偏要说"一堆烂石头，没啥意思"，明明是空阔的大草原，他们偏偏要说"都是些草棵子，有啥看头"。若是听到这话的是个有主见的人，肯定不会被这种话左右了自己的灵魂，但是，若听到这话的是一个耳根子软的人，肯定会影响他此次旅行的心境和质量了！

灵魂乏味之人，肯定从天地之间的峥嵘万象中读不出大美来！

其实，像大自然一样，生活也是一道风景线，有的人活得激情浪漫，诗意盎然，可有的人却活得恨天怨地、心沉如铅，灵魂使然也！人生也是一道风景线，有的人胸藏峰岳，积极进取，而有的人却堕落沉沦，无所事事，灵魂使然也！常常把"没啥意思""没啥好看的"挂在嘴上的人，他的生活之景和人生之景也一定如此乏味。

放空心灵去旅行

思淼

每当将踏上旅途的那一刻,我都会感觉到自己的这颗心在激烈地跳动,这是我等待许久的时刻了,可为什么会突然袭来阵阵恐慌呢?

旅行,不是走亲串友,不是故地重游。当我们像一个朝圣者一样去自然之美的殿堂里拜谒的时候,却无法预知在这条长长的朝圣之路上会有怎样的际遇和挑战。天地之大美,除了给自己的内心带来幸福、快乐、狂喜,还将给自己带来什么意外呢?所以,望着前方时,我总是抑制不住自己惴惴不安的心情……

因为每年的暑假都去远方转悠,流浪已渐成了一种习惯。每当这个时候,我的心灵便像是一只倒空了的竹篮子,渴望着到大自然中去采撷我喜欢的鲜花和野果。不管是在青山峡谷,大漠荒原,还是在湖海江川,我总是在鲜花的美丽中陶醉,在野果的馨香中欣悦。其中,会有诗意的冲动,也会有禅趣的畅然。不管清风是从哪个方向吹来,都会带来穿透灵魂的芬芳,不管目光投向何处,都能看到震撼心魄的、匠心独运的立体画卷……

然而,"心在天堂,身在地狱",任何一个旅行者,谁不理解这句话的深刻内涵?风,可以轻轻地掠过河山大地;鸟,可以舒展着双翼飞越冰川雪峰。可流浪者，却不能不凭着自己的意志、韧性，和对生理与心理极限的挑战，来完成风和鸟都能轻易完成的事。然而，风和鸟，会有像旅行者一样崇仰天地之秀逸的灵魂吗？会有旅行者一样感受宇宙之大美的悟力吗？也许有，也许没有，我不是风，也不是鸟，无法用风和鸟的方式去思索，但是，我知道自己有！并且，还因为自己能拥有这样的灵魂和悟力而对造物充满深深的感激之情！人生苦短，幸运的是，我有一颗能以自己的短暂生命去感受森罗万象的永恒之美的心，一个无所畏惧地去朝拜这永恒之美的灵魂，生也如此，何憾之有？

　　告别的时候到了，朋友们，祝我一路平安吧！虽然我是提着心灵的空篮子出门的，但是，我一定会满载而归，带回那还带着大自然新鲜气息的花果，与朋友们一起分享！

浪漫,别错过

晓啸

浪漫,别错过!不然的话,那些像流水一样汹涌奔来的平凡而又乏味的日子就会充斥我们一生。如果有一天,你的心灵感受到了浪漫女神在向自己频频招手,让你心动,那么,你就跟着她走过去……也许有人会问:浪漫,对人生来说,重要吗?我的回答是:在我人生的许许多多事情中,我只思考需要或不需要!

几年前,一个雅鲁藏布大峡谷的徒步者拍摄的那些旷世绝美的照片,第一眼看上去,就让我感动得眼圈泛红,心里涌动着一种无法表达的激情和冲动。那幽深的峡谷、飘逸的群瀑、雄艳的雪峰、奔腾的江流、原始的丛林和神秘的民族,一下子便攫取了我的心魂,一个狂野而又不可遏止的梦想刹那间便从我的胸中诞生:我渴望能像风一样穿过那空旷幽峭的峡谷,渴望能像鹰一样落脚在那擎天峻拔的冰峰之巅,渴望能像一个真正的探险者一样到大峡谷深处,雅鲁藏布江边的墨脱街头去漫步。

然而,当我读了徒步者的亲历手记后,才知道:那美丽的雪山危机四伏,那漫漫的路途险象环生,那原始的丛林蚂蟥遍地,那临渊的小路鬼泣神愁,那滚滚的急流夺魂摄魄……自然界的大美,往往都深藏于天远地僻的雄山奇水之中；任何一个向往美的人，不经历无数艰难险阻的考验和挑战，都休想走进美神的这座至高无上的圣殿，去仰望她的姿容。这考验，曾经让多少人熄灭了心中的浪漫激情；这挑战，曾经使多少人望而却步。我犹豫了，我不知道自己的身体能否承受得住这样的挑战，不知道自己的意志是否能经得住这样的考验，也不知道幸运之神是否站在我这一边保护我的生命。然而，随着时间的推移，我愈来愈能感受到大峡谷的美丽带给我心灵上的撞击，愈来愈强烈地渴望着让自己融化于大峡谷的美丽之中，这会成为我记忆中永恒的浪漫！

终于有一天，我下定了决心：与其在幻想中沉溺，不如洒脱地走一回。于是，我背上了行囊，踏上了征程。在拉萨，我遇到了两个也像我一样渴望一睹大峡谷风采的驴友。曾经的虚幻之梦，就这样在刹那间变成了我们将用双脚步量的现实。

穿越大峡谷的探险之旅是从翻越多雄拉雪山开始的。那天，细雨蒙蒙，云翳浓浓，山石嶙峋，群峰峥嵘。我们攀登在陡峭的山路上，累得气喘吁吁，正要休息一会，门巴族背夫好心提醒我们："一过正午，迷雾封山，一定要一鼓作气，千万别误了时间。"到达山顶，已近正午，浓雾蔽日，积雪无光，寒气逼人，冰川苍茫。我们默默地紧随着背夫，踏着皑皑白雪匆匆前行。直到越过垭口，走出雾障，才敢驻足稍憩，长舒口气。下山的路上，瀑布如林，飞流倾注，稍不注意，就有被湍流卷下深渊的危险。一次，我脚下一滑，被急流直带到悬崖边，幸被一石挡住，才保住了小命……但是，当我们下到山脚，回头仰望，只见雾绕群峰之巅，雪铺云崖之间，瀑如白练长挂山腰，悬岩如削直指青天，放眼满目山雄水野，胸中浩气荡荡回旋。我们忍不住从心底发出一声声长叹："有幸一睹此景，纵有千难万险，又有何悔何怨？"

此后，我们便沿着多雄拉曲河谷前行。在这个被称为瀑布之乡的河谷里，有的瀑布如愤怒的虬龙飞跃而下，声闻数里；有的瀑布如串起的珍珠凌空高悬，随风飘逸；有的瀑布如一幅流动的山水画卷，弥漫的烟雾之间镶嵌着一道变幻的彩虹；有的瀑布分级而下，激起的水沫被风卷起如断崖飞雪……虽然这一段行程里，要穿过被叮得鲜血直流的蚂蟥区，要走过数十里远的老虎口，要小心翼翼地爬过滚石不断的数百米长的大塌方，要走过一道又一道飞架于深渊之上的摇摇晃晃的铁索桥……但是，只要有幸能走过这条天工雕琢的自然艺术长廊，便又觉一切都是值得的了。而多雄拉曲更像一个很会撒野的孩子，他一会儿隐匿于深山之中，一会儿又欢跳着出现在我们的前方。当我们行走于谷底的时候，他唱着欢腾的歌陪伴着我们不停地奔忙；当我们跃上绝壁峰巅的时候，他又如一条蜿蜒于幽壑的长龙时隐时现，不愿过久地离开我们的视线。直到我们走进背崩的时候，这个充满生机的野孩子才像突然发现了母亲的怀抱一样，在与我们的依依惜别中把自己融入了雅鲁藏布江。

　　最后一天的行程，几乎都是沿着雅鲁藏布江边的烂泥路逆流而上。脚下是陡峻千仞的深渊，透过热带雨林的繁茂植物，向下隐隐约约地可以看到急流滚滚的江波；压在头上的是耸天入云的连绵大山，坡上林木森然，不时还会有成熟的野果从山上滚落下来，弯腰拾上几个，在路边突突涌流的山泉水里冲冲，填到嘴里，自有一番酸酸甜甜的惬意。路上，我有两次滑倒，都差点滚入江中，吓得我再不敢去踩踏那立在路边的石头了，为了安全，我宁愿蹚着泥泞前进。这一路漫长的上坡尽管走得非常吃力，路上的塌方又时有发生，但是，因为一直都有气势磅礴的雅鲁藏布江相伴，所以，我们的行走也一直都充满着江涛一样的激情和力量。每次行至转弯处，当滚滚的大江横陈于眼前的时候，我都不会放过把她摄入镜头的机会，那两岸相对而立的青山，那缥缈如纱的云雾，那汹涌澎湃的浊流，那千姿百态的江峡景观，无不深深地吸引着我这颗染着浪漫底色的心灵。上天永远都不会亏待敢于接受挑战的勇者，因为只有他们才能享受到上天赐予心灵的美餐！徒步前，我曾在网上读到过这样一首小诗："徒步墨脱，江峡苍茫；身在地狱，心在天堂。"直到这时，我才真正地感受到了从字里行间飘逸而出的豪气、浩气和壮气。

　　当我们走进暮色笼罩的墨脱的那一刻，我的心极为平静，平静得就像那墨脱四面山上的一棵树或一株小草，平静得就像路边的那一洼积水，因为我突然感受到了一种一直都试图打败我的力量，正以排山倒海之势向我压下来，而这时，我再也不想与它抗衡了！就在这时，驴友犀牛轰然躺倒在一块大石头旁不愿起来，他连声地说："我崩溃了，我崩溃了！"他用双手捂着脸，我知道他是不想让我看到他那夺目而出的泪水。这是感动的泪水，也是自豪的泪水，更是战胜了自我，承受住了挑战的泪水！我理解他，因为就在这一刻，那超越极限的行走和攀越所带来的疲惫，不也是像原子弹一样刹那间在我的躯体内爆发了吗？我也背倚着笨重的旅行包躺了下来，笑着对他说："还好，我们是走进墨脱后的崩溃，我们是躺在自己的浪漫之梦中的崩溃！"这一夜，我们在旅馆都睡得像石头一样沉，或许连梦都没做。

　　清晨醒来，犀牛他们还在酣睡，我一个人来到墨脱的行人稀少的大街上，慢慢地走着，慢慢地看着。转过一个弯后，我看到了奔流而下的雅鲁藏布江，我看到了不远处墨脱广场上的那朵巨大的莲花雕塑……我的心热热的，因为我的胸腔里正燃烧着快乐和幸福的火。望着那朵盛开的莲花，我知道，从此以后，她在我的灵魂深处将不再只是一个雕塑，她将是一朵因为浸透了雅鲁藏布江的波涛和我的梦想而永远充满生命活力的鲜花，她将永远开放在我的生命里，成为我心灵深处的一个永恒的浪漫之梦！

　　岁月可以流逝，季节也可以交替，但是，行走在大峡谷里的日子，将永远在我的人生中绽放浪漫的花朵！浪漫，对于生活来说也许并不重要，但是，我们的心灵却非常需要它！

我想去旅行

天宇

是大自然的呼唤,还是我心灵深处的渴望,使我常常渴望像自由的风一样走向远方?那天边飘逸的白云,是我心底之梦的映射,还是旅行天使在招手,让我一次次不由自主地去整理沉睡在墙脚的行囊?

我想去旅行。我想让我的目光洒落在莽莽大漠的苍凉里,洒落在茫茫草原的绿丛中;我想静静地欣赏那海面跃动的日出,我想悄悄地凝望那地平线上鲜红的落日。眼睛是灵魂的翅膀,我想在空旷里无拘无束地飞翔!

我想去旅行。我想去纯净的高原掬一捧圣湖里的清水,摸一摸晶莹剔透的冰川;我想踏着朝圣者的路去感受那一道信仰的阳光,我想去转动那一个个经筒,让它们向世人传递我真诚的祝福。把心灵供奉于神圣的祭坛上,生命就会闪出圣洁的光芒。

我想去旅行。我想登上巍峨的险峰俯瞰逶迤的群山,我想穿越幽深的峡谷仰望每一块悬岩;我想走近飞流而下的瀑布感受虎啸龙吟的轰鸣,我想驻足山间奔腾的小溪聆听如诉如慕的天籁。胸中燃烧着诗意的激情,大自然里处处都绽放着如花的浪漫。

我想去旅行。我想到沙漠深处去折一枝胡杨以触摸生命的硬度,我想爬上雪山之巅摘一朵雪莲以感受生命的美丽；我想去拜谒一座座英雄的陵墓以感受生命的伟大，我想去探索一片片古迹以感受生命的神秘。生命如歌，铿锵的旋律把时空穿越。

我想去旅行。我想让孤独的心灵化作大自然里的一束流动的花朵，让她在山川湖海的润泽中绽放得更加鲜艳；我想让寂寞的灵魂变成天地之间一只翱翔的雄鹰，让她与在云间邂逅的另一只鹰倾诉和鸣。只有孤独的笔蘸着激情的墨，才能绘出最美的梦境。

我想去旅行，像自由的风，像飘逸的云……

聆听草原的浪漫

浩然

随着蒙古包的影子渐渐被拉长,美丽的黄昏悄悄地降临到了空旷苍茫的西乌旗草原上。日头已经收敛了她正午的锋芒,在西天几片云霞的簇拥里,她那涨红的脸庞,多像一个正迈着缓缓的脚步被引入洞房里的新娘。"啊,多么辉煌的落日!"我忍不住赞道。

我背着相机向草原深处走去,想要寻找一个最佳的位置,把草原落日的变幻光景一张张地摄入镜头,让它们在以后的岁月里,一点点地回放我此时此刻的奇妙感受和美好记忆。城市里没有地平线,没有鲜艳的夕阳能穿透的这份纯净的空气,当然,我们的心灵也就很难在高低错落的楼群间享受到这份被柔柔的夕阳轻抚的宁静。

支好了相机,正被满铺在青郁草原上的那片淡淡的金色所陶醉的时候,我才突然感受到,空旷的草原并不宁静。一阵阵悦耳动听的鸟鸣如波浪般冲击着我的耳鼓,那串串美妙的歌声此起彼伏,忽远忽近,悠然不绝。真是太迷人了。我寻声四觅,发现那鸟鸣都来自草丛。我轻轻地迈着脚步,慢慢地接近那串离我最近的鸣声,试图看看这些歌唱精灵的真身,可是,每次当我离它还有二三十米远的时候,那声音便沉默了,我停步稍等,另一个地方的歌声又会畅然响起……

忽然，巴特尔骑着马出现在我的身后。他是我们租住的蒙古包的主人，是一个彪壮、乐观的蒙古汉子。他说："你在寻找草原百灵吗？"我回过身来问道："这就是草原百灵的歌声吗？"巴特尔骄傲地说："是的，我们这片草原上的百灵鸟最多，歌声也最甜美。黄昏时分，正是百灵鸟们谈情说爱最热烈的时候，你蹑手蹑脚的话，根本就找不到它们。看我的！"说着，他松开马缰，回身在马的屁股上拍了一巴掌，同时两腿一磕马镫，嘴里连喊几声"驾"，那马便飞也似的奔跑起来，惊得百灵鸟三五成群地从草丛中飞起。哈哈，我看到了，草原百灵虽然没有太鲜艳的羽毛，但是，在我看来，它们无疑是世界上最富有激情和浪漫情怀的鸟儿，因为它们一个个都是最善于倾吐衷肠的情歌王子。

落日像一个金色的火球，突然加快了投向地平线的速度，这只疲倦了的太阳鸟，正以最优美的姿势做着归巢前的最后一次飞行。我似乎听到了她疾飞时不断扇动的翅膀，也许只要再过三五分钟，她就会沉入大地的尽头。我快步回到相机旁，不断地调节着焦距，一次次按下快门，记录下了空阔的草原上恢宏而又壮观的日落过程。

第二天天刚放亮，巴特尔便轻轻地把睡意正浓的我拍醒，我睁开惺忪的双眼说："巴特尔，有事吗？"巴特尔"嘘"了一下指指我的旅伴，小声地说："别吵醒了他们。你不是喜欢听百灵的歌声吗？这个时候是它们叫得最欢，斗唱最激昂的时候啊！"

我出了蒙古包，刚一走进草原，就听到了铺天盖地的百灵鸟的大合唱，有的轻缓舒畅，有的声短鸣急，有的引吭高歌，有的浅唱低吟；虽然没有丝竹的伴奏、琴瑟的应和，但是，我却听到了灵籁天成的自然交响乐和生机勃勃的草原奏鸣曲。

鲜亮的朝阳正从草原尽头的那座低矮的小山后探出头来，晨辉像跳动的音符，在凉凉的夏风中、起伏的草叶上弹奏着浪漫之曲。我一边听着草原百灵的热烈的情歌，一边漫无目的地向着草原深处缓步走着，心中却期待着与某一只有缘的百灵的邂逅。

突然，在我的左前方，一只百灵鸣叫着从草丛里跃出，落在一棵稍高一些的草顶上继续唱歌。我不敢惊动它，只是远远地注视着。它似乎也并没有在乎我的存在，而是叫得更热烈了。它一会儿学着喜鹊叫，一会儿学着麻雀叫，一会儿学着鸡叫，我甚至还听到它学着牛羊的叫声。我真是惊呆了，一只小小的百灵竟然有着如此奇妙完美的歌喉，难道这是它专门为我献上的一场精彩的表演？

这只学舌百灵的演出刚刚落幕，前方又一只百灵放声高唱着飞到了离地面约有一米的地方之后，竟然悬在那一点上，一边变幻着歌喉，一边急速地扇动着半张半合的翅膀。很快，又有一只百灵从草中跃起，与它比翼而飞，共同鸣唱。接着，它们俩缓缓地升起，抖动的翅膀如彩蝶般张开，对唱的尖尖的小嘴似吻非吻，左右环旋，在霞光的映衬之下，多像一对披着彩衣在圆舞曲中陶醉的情侣啊！当它们升到我头顶的上空的时候，我多么渴望把它们这精妙的一幕摄入镜头啊！湛蓝的天空，飘逸的云霞，金色的阳光，双双起舞的草原百灵，这在一个旅行者的眼睛里构成了一幅绝美的画面！正当我因没带相机而有些惋惜的时候，它们突然一阵急鸣，双双展翅高飞，直冲云霄，刹那之间，便不见了踪影，但高亢激昂的鸣唱却随即从云间如细雨般飘落……

在西乌旗草原的这个清晨里，我的心灵融化了，我仿佛也已幻化成了一只浪漫的百灵，在这美丽的草原上，正与我邂逅的那只有缘的百灵齐歌共舞呢！

我庆幸,我来了!

浩然

那年夏天去北疆,我徒步喀纳斯,穿越白哈巴,当我的心灵正陶醉在山青、水绿、天蓝、云白的美景之中的时候,一个曾来过北疆旅行的朋友电话中告诉我:"你应该选择深秋的时节去那里,只有在那时,你才能看到一个仿佛童话般色彩斑斓的世界,那漫山遍野的如火焰般燃烧、如朝霞般灿烂的白桦林,映衬着遥不可及的皑皑雪峰,这景色才是北疆的灵魂啊!"

我相信他对北疆的理解自有他的道理,但是,我也相信这映入我眼帘的充满勃勃生机、绿意盎然的世界更应该是北疆的灵魂。我笑着回答:"大自然的灵魂并不是由我们来定义的。我们应该坚信:无论我们何时来到这里,大自然永远都在以自己的本色坦露于蓝天之下,以自己诗意的浪漫呈现于我们的眼底。你看到的喀纳斯,那是你眼里的最美;我看到的白哈巴,那也是我眼中最亮丽的风景线。同是一个北疆,只不过我们是在不同的季节里,各自享受到了她映入我们眼帘的独特之美,欣赏到了她不同姿态却同样震撼我们心灵的美景,难道还有比这更美更动人的自然之诗吗?她的灵魂并不仅仅展现于彼时与此时,而是每一个时刻,因为大自然并不会只偏爱你我!所以,作为一个旅行者,我们都应该怀着一颗感恩的心庆幸自己来了,欣赏到了天地间的大美，这才是最重要的啊！"

听了我的话，朋友笑了，他说："我记住了，我们看到的，便是我们能欣赏到的最美；我们经历的，便是我们能享受到的至乐！"

实际上，决定我们旅行行期的并不是季节，而是决定于我们所能拥有的用于旅行的时间。比如我是教师，我就只能利用暑假去徒步探险，去享受大自然中那份原始纯净的美；此时，如果我的心态被朋友的电话所左右，面对如此的美景，却认为自己游不逢时，那么，除了辜负了眼前的良辰美景之外，恐怕暴露更多的还是自己"身在美中却不识美"的浅薄啊！自己的眼睛是连接自己心灵的通道，如果在旅行中失去了对美的判断力和鉴赏力，那么，你的心灵永远也不会有被感动或震撼的那一刻！"我来了，我看到了那淋漓尽致地绽放在北疆的永恒之美！"这才应该是每一个旅行者的心态啊！

北疆之行，常常让我想到苏轼的一句诗："人生如逆旅，我亦是行人。"如果我们在漫漫的人生之旅中，总是感叹自己生不逢时，没能成长在一个英雄辈出、伟人如涌的时代里，那么，我们就会自甘平庸，感受不到人生的美好，享受不到创造的快意，更无法体悟到行走在生命岁月中的浪漫和诗意。像享受北疆的美景一样，我们应该相信自己降生的这个时代，就是我们所能赶上的最美好的时代；应该相信，我们在这个时代的人生之旅，就是我们所能欣赏到的一道道最亮丽的风景线。我们不能选择自己所出生的年代，但是，我们可以选择自己享受人生之旅的心态：人来到这个世界上，就是为了尽情地享受生命之旅的那份感动，享受人生之途中的美给心灵带来的那份震撼！

在冰川上徜徉

文轩

冰川曾经让我充满敬畏，因为她那可望而不可即的高度，因为她那浸透骨髓的寒冷，所以，每次遥遥仰望几乎与雪峰齐高的冰川之时，心中都会产生一种渴望到冰川上行走的冲动；在这冲动里，既有一种孩子般的好奇，又有一种亲身感受冰川的欲望，更有一种对自我充满挑战的意味。大自然中的冰川充满诗意之美，一直在我的心灵深处笼罩着一种神秘的色彩。

我前年在新疆旅行之时，和朋友一行四人，曾在喀什租了一辆出租车去帕米尔高原观光。当被称为雪山之父的慕士塔格刚一落进我们的视线之内，我们的心灵就被那一座座摩天耸立的雪峰和一道道晶莹剔透的冰川所吸引。在行进的途中，听说慕士塔格雪山中有一个登山营地，并且一道冰川的冰舌就在营地旁。这个消息让我们四人兴奋不已，便立马驱车前去。然而，不幸的是我们租的小轿车在海拔四千多米的高度根本就爬不动坡，并且冰川的融水还把山路弄得泥泞不堪。广东的旅伴诗燕说："我说让你们租辆越野车，你们偏要图便宜租了一辆轿车，现在知道后悔了吧？"是啊，本来上天是赐给了我们一个到冰川上行走的机会的，可现在就只能遥遥地望"川"兴叹了……

去年夏天,到被称为"情歌圣城"的康定采风的时候,当问起附近有什么好玩的地方时,当地的一个朋友告诉我:"海螺沟是最值得你一去的地方,那里有这个世界上最奇特、最让你感到不可思议的冰川。"我说:"你是不是在吊我的胃口啊?它奇特在哪里?为什么会让我感到不可思议?"朋友说:"带着你的疑问去吧!当你从海螺沟回来到的时候,我一定能从你的眼睛里读出'满意'两个字!"

怀揣着满腹的兴奋,我独自一人登上了去海螺沟的班车。下午一点来钟的时候到达磨西镇,这里就是走进海螺沟的入口。买了门票之后,我没有乘坐进山的专线车,而是选择了徒步。我不想像其他游客那样直奔冰川而去,而是渴望慢慢地欣赏这六十余华里的沿途风光。

走进海螺沟中,便见夹路而峙的青山相对而立,耸天入云;山坡上古木苍苍,怪石嶙峋。路上常有车辆往来,路旁时有人家出现。我虽是一人在路上行走,但一点也不感到孤单。我甚至还为那些坐在车里的游客感到惋惜,因为他们在车里缺乏广阔的视野而不能尽情地观赏这沿途的美景。

走到一号营地的时候,已经晚上五六点钟了。虽然已经走了三十华里的路程,有点累了,但是我没有停下来,而是继续向十六华里外的二号营地走去,因为在那里可以好好地泡泡温泉。快到二号营地的时候,虽然前面依然是峰峦岭立,郁郁苍苍,但蓦然回首一望,顿觉天阔山低,发现那些在进沟时感到摩天接云的峰头,竟然一座座地都被踩在了脚下,心中便禁不住涌起了一阵阵唯有攀登者才有的自豪感。

第二天一大早,我便离开了二号营地。经过了三四个小时的攀登,终于到达四号营地。站在山顶临崖俯瞰,一道冰川就横卧于谷底,特别是看到有人在冰川上行走的时候,心里更是兴奋不已。于是,便紧随着去冰川的人流循路而下。开始的时候,我心里还有些犯嘀咕:"冰川里既然有冰,一定会很寒冷吧?可惜的是我连一件毛衣都没有带啊!"然而,很快我就明白了自己的猜疑是多余的,因为快要下到谷底了,空气中还依然是热气蒸腾,没有半点凉意;山坡上的原始森林依然是郁郁葱葱,没有任何寒气影响的痕迹。

啊！终于下到了谷底。在数华里宽的峡谷里，茫茫的冰川就展现在我的面前。由于冰碛物的覆盖，冰川的表面呈现一种灰白的颜色，倒是嶙峋而立的冰岩侧壁上，还能看出那如晶莹剔透的白玉般冰的本色。我怀着一颗激动的心，小心翼翼地翻过一座座冰丘，爬上一面面冰坡，很快走到了冰川上一块较为平坦的地方。从这里顺着空旷的峡谷往下看，灰白色的冰川犹如一条游龙穿梭于莽莽青山之间；向上看，巨大的冰瀑犹如一道自天而落的白色冰帘，好不雄丽壮观！我顺着冰坡向上爬，想到冰瀑前去看看，很快便被一个工作人员喊住了，他说："再往前走危险，许多地方，在冰层下面都暗藏着几十米、甚至几百米深的冰沟或冰窟，若掉下去，谁也救不了你。"正说着话，突然从冰瀑处传来一声闷雷般的声音，接着便遥遥地从那响声处望见一阵弥漫的雪雾冰霰，从冰瀑上倾泻，好一会才平静下来。工作人员说："你看到了吗？那就是冰崩，接近它，无异于接近死亡。"

　　虽然在冰川上行走不可能像在花园里漫步一样随意，但是，在安全区内我还是可以轻松惬意地行走在冰丘或冰岩之上的。多少年来渴望在冰川上徜徉的梦想，终于在海螺沟中变成了现实，并且还是徜徉在一条没有丝毫冷意、静躺在森林怀抱中的冰川里。直到今天还让我感到不可思议的是：在如此温暖的环境中，冰川是怎样存在下来的呢？

旅人的月光

月光并不专属于旅行者,但是,旅行者往往会因为热衷于放飞自我、漂泊于天地之间,而能从月光中读出更多的诗意和美感。虽然自古以来月亮洒向大地的光芒依然是如初的朗润皎洁,但是,在人们的生活愈来愈紧张、行色愈来愈匆忙的今天,我们的灵魂差不多都已迷失在了钢筋混凝土的丛林中……

仰望珠峰的美丽

鹭洋

关于珠峰的传说和故事,不知曾经多少次感动过我的心灵;她那超拔独具的风光和景色,曾经让我多么心驰神往;她那雄居地球之巅的神奇和壮丽,曾经让我对她充满无限的遐思和幻想。到西藏去旅行,到那雪域佛国去感受一下圣境的神秘,到那被称为世界之极的地方去仰望珠峰的美丽,可以说一直是我工作之余的一个最圣洁、最炽热的梦想……

学校宣布放暑假的第二天,我便背上了行囊直奔西藏而去。在拉萨的吉日青年旅馆里,通过旅馆里的信息栏,我很快就结识了另外七个也像我一样渴望去拜谒珠峰的年轻人。张楠是一家报社的记者,而我则是一个自由撰稿人,一见面我们就找到很多共同语言。身在旅途的人,虽然互不相识,但共同的目标却让驴友们有了一种来自心灵的亲近感。

我们租了两辆越野车,天刚蒙蒙亮就登车启程了。出了拉萨不久,我们便像一阵清风一般扑进了空旷无边的绿野里。青青的山峦如碧波一般起伏着伸向远方,在朝阳的照射下,向阳的坡面上披着一层柔柔的金辉,恰似处子深情凝望的动人目光。背阴之处却墨浓如黛,更显得苍翠葱郁。极目向远,只见隐隐的雪山与绰约的白云相拥天际,相映成趣,在湛蓝的天幕下呈现出优美的轮廓……

途中的景色虽美，但道路却不敢恭维。我们出了拉萨不足百里，在地图上标注的公路线已差不多都变成似有若无的车辙痕迹了。车行在广阔的大草原上，除了方向感之外，仿佛只要能走的地方便都可以称得上是路；好像走不多远便会有一条溪流穿路而过，横亘于前方，水流虽算不上多急，但河床里却乱石相撑，危机重重。司机是年轻的藏族小伙达瓦，性格诙谐开朗，不管道路如何颠簸，他都是一边开车一边唱歌，不时地还给我们讲一些朝圣者的传说。但是，每当一条溪流映入他的眼帘之时，他便不再说话，而是凝神屏息地观望，寻找着切入溪流的最佳点。我们每个人都知道在这方圆几百里的无人区车陷入河中的后果，所以，谁也不敢在这个时候去分散他的注意力。当车轮咯咯噔噔地碾着流水与河床的时候，我们坐在车里，都从在心里捏着一把汗。等车一上岸，我们便都情不自禁地发出"啊！达瓦，你真棒"的赞叹。听到赞扬，达瓦也在脸上露出孩子般天真快乐的笑容。他幽默地说："每一次过河，对于我来说都是一次考试，我要是考不及格，倒霉的可是你们喽。你们愿不愿意在冷风呼啸、寒气逼人的夜里感受一下西藏旷野的味道啊？"呵呵，我们当然不愿意了，所以，我们祝愿他每一次考试都是满分。

虽然道路颠簸，但我们的心情却异常快乐。遇上特别秀美的景致，达瓦就停下车来让我们拍照，他也趁机舒展一下四肢，给汽车发动机降降温。有一次遇上了一家游牧的藏民，达瓦竟鼓动我们用糖果、巧克力去换他们的牦牛酸奶喝，谁知达瓦竟一连喝了几大碗，喝得连那几个藏民都直瞪眼。离开牧民刚上车，他就幽默而又得意地说："我最喜欢喝他们的牦牛酸奶了，不然，我才不会劝你们去用糖果、巧克力换呢。呵呵，你们上当了吧。"

我们在下午五六点钟的时候到达了日喀则。游览了扎什布仑寺之后，本来准备在那里住下的，达瓦却提议："为了明天更早到达珠峰，我们今天多赶些路，就住在拉孜怎么样？"这提议得到了全体驴友的响应。

我们大约是在晚上十点以后到的拉孜。第二天早晨，从拉孜出发以后，我们才知道路比昨天的更难走。达瓦驾驭着我们的"坐骑"，有时行驶在乱石滩上，有时又狂吼着爬上山岗，而下坡时吱吱嘎嘎的刹车声更让我们有点心惊肉跳。行驶在这样的路上，达瓦也变得严肃、小心多了，倒是坐在副驾座上的张楠，一脸很坦然的样子，还不断地给达瓦一些激励。在一次休息的时候，我悄悄地问她："你怎么这样从容啊？"她笑了笑说："我们的命运都攥在达瓦的手里，我们紧张有什么用啊？我们放松一些，达瓦的心理压力就会更小一些，我们也更安全一些。"

经过一天的奔波，我们终于在下午四五点钟的时候到达了珠峰下的绒布寺。顺着空旷的绒布河峡谷，可以看到在浓云紧锁的天幕之下，有两座并肩而立银白闪亮的雪峰。我心中充满犹疑地问达瓦："那两座山峰中没有珠峰吧？"达瓦笑着说："那只是珠峰膝下的一双儿女。你们快去离此八公里外的登山大本营吧，站在珠峰的脚下，也许你们能幸运地一览她的神姿圣颜。"

听了达瓦的话，我们八个人便两两一组地沿着绒布大峡谷向大本营走去。说实话，让我们这些平原之子行走在五千米米以上的海拔高度上，真的有一种飘飘欲仙的感觉，脚虽然是踏在路上，却有种不扎根的感觉，走得稍快一点，便喘得像接不上气一般。我们八人中，我和张楠的年龄最大，走在最后。我们不急于赶路，而是细细地欣赏着峡谷中的风景。绒布河携带着冰川的寒气在我们的脚下哗哗地流着，滋润着路边低矮的灌木丛；夹峙于峡谷两边的大山，碎石慢坡，一片青灰，只有很少的地方生长着稀疏的青草，不时地可以看到一只或两只灰褐色的岩羊充满警觉地从我们眼前跳着跑上山坡。峡谷上方的天空，幽蓝青碧，一片澄明；白云悠悠，无半点杂尘污染。此般的圣境，怎不让人心生爱怜？

到了登山大本营后，却发现云更密、雾更浓了。我们徘徊在绒布河边的一片乱石滩上，不时地抬头望一望珠峰，心中渴望着她能在刹那间一展姿容。然而，我们等来的却是一阵劈头砸下来的噼里啪啦的雨点……

天快黑的时候我们回到了绒布寺，感谢达瓦已经为我们安排好了食宿。吃罢饭我们本想到外面转转，但是，一走出饭厅的门，才知道外面黑得像一个密不透光的铁桶，除了能感觉到吹到我们身上的寒风和听到不远处传来的流水声外，两眼什么也看不到。我们只好摸黑回自己的床上睡觉。

第二天早晨起来一看，天上依然阴云密布，珠峰的方向一片苍茫。我们想随寺僧一起去寺后转山。然而，还没向上攀登二十米远，便觉得头脑发昏，两眼发黑，气喘如牛，只好打住。正吃饭的时候，不知谁在外面大喊了一声："珠峰出来了！"我们心头一喜，拿起剩下的饼子，一边吃一边跑到寺前的空地上，顺着峡谷一望：啊，珠峰真的出来了！

我踏过洒落于峡谷中的淡淡晨晖，在一块石头上坐了下来。凝眸远眺，怀着一颗对大自然的感恩之心仰望着珠峰的壮丽：虽然珠峰的周围云幕并没有落下，但是，顺着绒布峡谷的方向却天门洞开，仿佛是专为我们打开的一扇天窗。被朝阳点亮的珠峰如开在大庭中的一朵巨大的白莲，灿然夺目；她那通体的金黄色，又像是一把熊熊炽燃的火炬，把她身后的云天照耀得绚丽无比。再看她前面的一对雪峰，俨然就是两个还依偎在母亲的胸前酣睡的孩子……

不知什么时候，张楠来到了我的身边，她轻轻地在我的肩上拍了一下，说："想听我给你念一首诗吗？"我回过头来，看见她的眸子里映着珠峰的圣光。我点了点头。她轻轻地朗诵起来，目光却飞向了珠峰的方向：

"多少年的梦想／只为一睹你的真颜／多少年的等待／只为这摄魂夺魄的瞬间／珠峰啊／我们谦卑地站在你脚下／只为仰慕你的伟岸／我们渴望用你的高度／衡量人生的挑战／我们渴望用你的雄浑之美／把自己的生命装点！"

听罢张楠的吟咏，我禁不住从心底发出一声赞叹："在这样的时刻里，竟然有如此灵妙的诗句与珠峰的壮美遥相呼应，此行更无遗憾！"

雪峰的晨昏

振家

雪峰因为有着超越群山、耸拔入云的高度,所以,常常带着天神般的威仪和雄姿,带着宗教般的神秘和玄奥;她们那辉映重重山峦的晶莹洁白,她们那雄视幽幽大地的磅礴大气,她们那傲蠢茫茫天宇的兀然独立,让每一个看见她的人,无时无刻不感受到她们美承日接月的壮丽和伟岸。

然而,尽管那曾经映入过我眼帘的一座座雪山已经耸立于我心灵的世界之中,但是,在我的记忆里常常呈现的最美的画卷却是晨光夕辉在刹那间点燃雪峰的景观,就如生命中的那些寻常的日子如潮水般渐渐地退去之后,那些曾让我们激动和燃烧的时光就会突现一样……

今年夏天,在梅里徒步雨崩的时候,善良朴实的山民告诉我:"在山那边的飞来寺,如果运气好的话,你将在黎明前看到卡瓦博格神山最辉煌最壮丽的一幕——日照金山!"于是,从雨崩村走出来之后,我和路遇的几个怀着同样期待的驴友住进了飞来寺。

凌晨四点钟的时候,虽然天地之间还是一片如漆一样的黑暗,但大家还是抑制不住心情的兴奋,早早地起来聚集在一片空地上,面对着卡瓦博格的方向,一边默默地祈祷着上天能给我们这群远方的来客带来好运,一边悄悄地等待着那个美妙时刻的到来。

被群山环伺的飞来寺正沉浸在睡意迷蒙的静寂之中，从闪耀的稀疏的星辰上看我们可以判定天空中有着很多的云，这多少让我们的心中有几分不安。当我们身后的东方乍现一线曦光的时候，卡瓦博格上空灰蒙蒙的云层也开始一丝丝地被点亮，先是像萤火虫的微光隐约可见，接着便透出了一抹殷红。这红色在慢慢地扩展和下移，慢慢地增强着她的亮度和鲜艳……

突然，当一片彩云飘过之后，卡瓦博格神山的峰头闪着亮丽的鲜红骤现于我们的眼帘。天空还是一片幽冥，大地还是一片昏暗，只有金灿灿、亮闪闪的卡瓦博格独立耸拔于宇宙之间。那雪峰像一朵炽燃的黄玫瑰，在无边无际的苍穹里绽放着她如火如荼的美丽，她的出现让整个世界在刹那间变得黯然失色，那朵始终盘旋在峰头如皇冠般的祥云，是不是她作为天神主宰河山大地的权力的象征？那条被晨光渐渐染红的明永冰川，是不是铺在她脚下的地毯？忽听有人自言自语般感叹："人生享受过了如此奇绝瑰丽的景色，死亦有何憾矣！"

告别了梅里之后，我又与几个同路的驴友一起去稻城的亚丁徒步。那天，我们怀着高昂的激情，踏着诗意的浪漫，迎着隐现的雪山，伴着清澈的溪流，一步步地丈量着这里的被称为"香格里拉之魂"的美丽。当我们在傍晚到达被三座雪峰环抱的营地落绒牛场的时候，已是筋疲力尽了。我们几个躺在帐篷里正享受着很少能感受到的"床"的舒服和温馨之时，突然，营地的一个管理者走进帐篷说："快起来，你们运气好，今天能看到日照金山的景观。"

尽管我们很累，又有点高原反应，但我们怎能错过这千载难逢的机遇呢？按照管理者的指点，我们走到了营地下面的空地上，在苍茫的暮色中，央迈勇雪峰正沐浴在夕阳里，随着阳光向峰头退去，大地愈来愈暗，而央迈勇峰顶的白雪却在夕辉里愈来愈呈现出璀璨的金黄，她多像一只摆放在天宇下巨大的金灿灿的元宝啊！让人对她充满奇妙的幻想。我们默默地注视着色彩的变幻，默默地欣赏着那如炽如燃的艳丽；这时，一片云霞如锦带般悄悄地飘过峰巅，只让雪峰露出一道光闪闪的金边……

不管是刻意等待的晨光里卡瓦博格圣山的辉煌壮丽，还是偶遇的夕辉中央迈勇雪峰的光彩夺目，都让我为自己能感受到天地之间如此动人心魂和奇丽超绝的一幕，而从内心深处对生活、对大自然都充满无限的感激之情！

书房里的一段胡杨枝

晓博

每次出门旅行,除了美好的记忆之外,我很少带一般的旅游纪念品回家。但是,几年前的新疆之行,我却把一段枯干的胡杨枝从数千里之外的塔克拉玛干沙漠带回了我的书房,并将它放在书桌最显眼的位置上。也许在别人的眼里它只是一段枯枝,很难具备装点漂亮书房的品位,但是,我透过这段枯枝,看到的却是一朵盛开的精神之花,是一种生命的境界,它带给我的是一种心灵的力量……

记得那天我和几个旅伴一起,到塔克拉玛干去看大沙漠中的一道独特的风景——胡杨林。在塔里木河的岸边,我们看到了一片巨大的胡杨林,葱茏茂密,生机盎然,古木连绵,枝柯蔽日。机警可爱的小动物穿梭于林中,羽毛鲜艳的鸟儿鸣唱于枝头。不是置身其间,谁还能想到在塔克拉玛干的沙漠之中,会有这样的一个美妙无比的绿洲?

然而,当我们离开这片胡杨林,愈是接近沙漠的腹地,胡杨树的数量也就愈少。在一棵被重重沙丘包围着的胡杨树前,我们停下了脚步。这棵胡杨也许是因为独自作战和没有同伴的相互支撑和扶持,也许是因为干旱使它得不到充足的养分,所以没有高大的身躯。虽然许多枝条也已经"牺牲"在了永不停火的战场上,但是,它们并没有退出战斗,那嶙峋的枯枝上依然凝结着它们枕戈寝甲的战魂。在这空旷高远的蓝天之下,在这连绵不断的像一座座小山一样的沙丘面前,这棵胡杨看起来俨然就是一株柔弱的小草。但是,当我们注视脚下的时候,心中不能不暗暗地吃惊,因为这棵树虽然不是很高很大,但是,它的根却纵横交错,像一个巨大的固沙网,牢牢地抓住了脚下的泥沙,不让狂风掏空它的根基。生长在这烈日当空、久旱难雨的大漠中,它不占天时;摇曳在这干风凛凛、狂沙飞扬的环境里,它不占地利;孤独地立在这没有同伴相依、没有青色慰藉的荒野上,它不占人和。但是,它依然沐日浴月,享受着生命的岁月;它依然绽绿吐翠,展示着生命的辉煌;它依然且歌且舞,挥洒着生命的大自在……

　　这棵胡杨让我们几个唏嘘不止、赞叹不已,它仿佛是一首韵味无穷的诗,让我们读得如醉如痴;它仿佛是一支低回的歌,让我们久久地沉迷在它悠扬的旋律中。它让我们感受到了生命的美丽不在其外表,而在其内涵;生命的魅力不在其躯干,而在其灵魂。当我们就要离开这棵胡杨的时候,我随手折了一小段枯枝,我要让它把胡杨的品格、胡杨的精神、胡杨的灵魂、胡杨的气息,带进我的书房,带进我的生活,带进我的人生岁月之中,我要让它来时时地提醒自己,生命中什么才是最重要的,生活中什么才是最不能忘却的。

　　"塔里木河边／你的生命／在绿林中奔放／大漠深处／你像旗帜／把生命的豪气张扬／活着／就要成为一首歌／旋律激昂。"这是我写给胡杨的赞美诗,更是写给自己的座右铭。

旅游与旅行

晓博

在西藏珠峰下的绒布寺，我曾遇到一个叫迈克尔的外国游客，他是一个中国话说得相当好的中年男子。我问他："你是专门到中国来旅游的吗？"谁知他听后，连连摆手说："不，不！我不是来中国观光的旅游者，我是来感受中国的旅行者。观光只要眼睛就够了，但感受则需要心灵。我之所以喜欢'旅行'这个词，正是因为我不希望自己像一片云一样轻飘飘地一掠而过，而是渴望自己像一只蜂一样，在中国的土地上去发现美、吸吮美的汁液，当然，我也希望自己还能因此而酿造出美之蜜呢！"

迈克尔的话竟像一块投入我心湖的石头一样，一下子在我的胸中激起了绵绵不断的涟漪。说实话，最初我也是一个喜欢凑热闹的旅游者，听说哪里的风景好、景点多，便随大流追风似的蜂拥而上，一睹为快。如果是跟着旅游团，那景点更是他们宣传的看点了，他们为了追求"时间就是金钱"的高效益，你就只能"上车睡觉，下车拍照，导游紧催，别把队掉，来此一游，景点都到，回家一问，啥不知道"。这种旅游虽是轻松和省心，但就是让你觉得整个旅程中没有了一点自我，甚至让你从心里感受到，自己更像是一个被导游"阿姨"哄着走的"乖孩子"……

这种舒身但却不舒心的旅游，终于让我感到了厌倦。后来，我便不再是旅行社这个"快餐店"里的客人，我决定让自己像所有的旅行者一样，背上行囊，带上心灵，徜徉于大自然的怀抱之中，把沿途的风光不断地放入浪漫激情这个野炊的锅里炖煮，然后再由心灵来慢慢地品、细细地嚼、久久地回味。当我们还是旅游者的时候，我们追求的是景点，追求的是到此一游的新鲜和新奇；一旦当我们成了不再受制于他人、能够主宰自我行程的旅行者的时候，旅程就成了一道长长的风景线，一首充满神韵、大气、雄艳、谐美、让人不忍释卷的长诗，那每一行、每一篇、每一章都有着她独特的韵味和魅力。一个不曾用自己的双脚来寸寸丈量大自然的曼妙的人，永远也感受不到旅行之于自己心灵的那种快感。古人说"走万里长路，读大块文章"，能够将大地上的高山大川当作精妙华章来读的人，一定是一个深刻的、充满灵感和体悟的旅行者，而非一个蜻蜓点水式的、浅尝辄止的旅游者。

记得曾在一篇文章中读到过这样的一句话："佛说，旅行也是一种修行。"原来觉得这只不过是禅修中参破心障的一句醒悟之语，自己不是佛门中人，自然没有多少感觉。但是，当我行走在天地之间，一次次被山立峰耸的雄壮险峻撼动心魂，一次次被江流河涌的澎湃气势惊骇震愕之后，我终于深深地理解了庄子的"天地有大美而不言"的真意。当我行走在旷野上、青山中、江河之畔、大海之滨的时候，我感受到的不是自身的渺小，而是我能以自己短暂的生命来感受这永恒的自然之美的自豪，而是我能以自己有限的人生岁月来激赏这无限的自然风光的骄傲。当一个人爱上了旅行之后，他的心灵便会在旅行中不断升华，他心灵世界里的"小"字，也会一点点被海的浩瀚、山的磅礴、江河的澎湃、大漠的空旷、绿林的绵远、峡谷幽美所取代，从而使自己成为一个胸怀大志的人，一个真正能让心灵与自然相融的人。从这个意义上来说，人生还会有比旅行更好的修行吗？

当然，旅游和旅行的区别，并不纯粹在形式上，关键是心态。有些人，走遍了世界，他可能只是一个观光的旅游者；而有些人，虽然只是作了一次短时间的远足，却进行了一场真正意义上的提升心灵的旅行。

莽原上那棵挺立的野苹果树

文博

那拉提草原已经是我的新疆之旅中留在我心灵世界里的一道如童话般令人沉醉的风景线。直到今天，我依然能感受到那牧场上白云般羊群的游移，感受到那碧空下远山的苍郁，感受到那阳光里溪流灵动的诗意，特别是那棵进入了我视野里的野苹果树，在广袤莽原上草海花波之中，亭然独立，卓尔不群，如风中摇曳的一首绿色之歌，常常还在我的心底唱起迷人的旋律……

那天上午，我们告别了仙境一样秀美、飘逸的巩乃斯河谷，驱车来到一片空旷的草原上，天高地远，满目青绿；五彩的小花，恣意地在阳光下绽放着它们的娇妍；可爱的百灵，忘情地隐匿在草丛中舒展着它们的歌喉。就在大家凝神拍照的时候，我却被草原上一棵独自生长着的野苹果树吸引了过去——它虽然算不得高大，但在这碧草连天的莽原上，它无疑就是一面拔地而起、挺身耸立的旗帜了。空旷之中，它是那么惹眼，也是那么美丽，更显得是那么挺拔……

当我正准备以最美的角度来为这棵野苹果树留下姿影的时候，司机宁师傅来到我身边。我问道："这广阔的草原怎么只长这么一棵野苹果树呢？"

宁师傅说："不要看这里夏天的时候生机勃勃、一片葱郁，你不知道这里的冬季有多寒冷，风雪大，冰期长，所有的树木几乎都是生长在山的阳坡背风的地方，而在这样空旷的北风可以任意肆虐的地带，除了生长一岁一枯荣的野草之外，树木很难熬过漫长的严冬。因此，这棵野苹果树能在此傲立于天地之间，不管怎么说，都应该算是一个奇迹了啊！"

宁师傅的话让我在对这棵野苹果树的美丽赞叹之余，更增添了几分敬意。抚摸着它粗粝的树干，禁不住慨然而思……

遥想当年，当它作为一颗种子被偶然抛置在这莽原上之后，春风便唤醒了它内在的生长欲望，春雨的滋润让它破壳而出，它的苗芽向着太阳伸展开了枝叶，它的根系深深地扎进了泥土里，并且像一个贪吃的孩子，拼命地吸吮着大地之母的乳汁，以获得向上生长的养分和能量。因为它知道自己不是一棵草，不必在乎草的妒意和嫉恨，它要像一棵树一样仰望天空和俯视大地，它要像一棵树一样展示自己生命的风采和伟岸，它要像一棵树一样成就自己的未来和辉煌……

然而，酷烈的冬天降临了，风雪压向大地，淹没了枯草，唯有那棵长着疏枝的野苹果树，依然瑟瑟发抖却顽强不屈地站立在白茫茫的雪原上。寒潮企图阻断它的血脉，狂风企图撕碎它的躯体；尽管它已被折磨得枝残柯断，但是，它依然挺立着，因为它知道自己不是只有三个季节的草，它要用年轮来记录自己不断超越自我的历程，因为它有花的梦想、果的渴望，它不能像草一样死去，它知道自己的生命才刚刚开始，未来的路还很漫长，它有自己的命运，有自己的使命……

难挨的冬寒终于过去，春日的阳光又一次照临大地，尽管累累的伤痕还痛彻灵魂，但是，它已经开始绽着胜利者的微笑抽出了新枝。生命的激情在阳光里燃烧，浪漫的旋律在绿叶上弹奏，它像莽原上独舞的精灵，一点点地在岁月里舒展自己的美丽……如今，在它经历了一次次生与死的考验之后，已经有了自己花朵的芬芳，有了自己果实的馨香，它正以自己的年轮记录着生命的欢畅和幸福的乐章，尽管一个个冬天还会到来，但它深深地懂得：经不起磨难和砥砺的生命，永远都是一棵只有三个季节的草，而不是旷野里的一道美妙绝伦的风景……

新疆之旅虽然已经过去几年了,但是,那拉提草原上的那棵野苹果树之所以让我至今还无法忘怀,正是因为它常常让我想:人生也像这棵野苹果树一样,只有那些坚持着自己的理想和信念,并且在任何艰巨的考验和挑战面前永远不妥协的人们,才能成为生命之原上的一道亮丽的风景!

旅人的月光

文博

月光并不专属于旅行者,但是,旅行者往往会因为热衷于放飞自我、漂泊于天地之间,而能从月光中读出更多的诗意和美感。虽然自古以来月亮洒向大地的光芒依然是如初的朗润皎洁,但是,在人们的生活愈来愈紧张、行色愈来愈匆忙的今天,我们的灵魂差不多都已迷失在了钢筋混凝土的丛林中。我们的眼睛在扑朔迷离的街灯下也早已不习惯了向深邃天空的凝望,倒是在旅行中一次次与月光的不期而遇,反而在我的心中留下了许多难忘的回忆……

那一年在新疆旅行,为了能拍摄到五彩湾的黄昏和晨光中最美丽的景色,我们一行决定夜宿在那方圆数百华里荒无人烟的大漠深处。当我们驱车走进五彩湾的时候,正是她在落日余晖的照耀下最美丽动人的时刻。若不是身临其境,你无法想象大自然会以她如此大气磅礴的笔法,在戈壁深处完成规模如此宏大、色彩如此鲜艳的立体画卷。夕阳像一片巨大的滤色镜,她把天的蓝和一座座小山的五彩斑斓,更加淋漓尽致地展现在我们的眼前。

当夜幕降临,仿佛是在一刹那黑暗便不留一丝痕迹地吞没了无边的旷野,看着深远天空中的几颗尚未被云翳遮住的小星,心中便无法屏去一种被抛向深渊的感受……夜里，我被一只钻进了睡袋中的荒漠野鼠惊醒，慌乱中爬出睡袋，睁开眼睛，却见五彩湾里月色朦胧，大地迷离，山影重重；抬头看天，星稀如灯，月游云外，皎洁澄明。我蓦然间睡意顿失，便伴着自己月下的影子，如梦游般地爬上一座小山。悠然四顾，一片苍茫，如烟如雾，如梦如幻。一想到这数百里之内，只我一人在独赏这如水的月华，心中便充满一种独占风流的快意。人们内心的虚荣，即使是在死寂的荒野中也会发芽。

那一年去素有"海天佛国"之称的普陀山，正遇天青月圆之夜。我默默地爬上一座高高地雄踞于海岸的岩礁，面朝大海，临风而坐。涨潮的海水如暴怒的蛟龙，轰鸣着不断地向岩礁发起一次次冲击，不时飞起的泡沫或水花就落在离我不远的脚边，甚至偶尔也会溅到身上。然而，当我举目远望，却感受到海面上是一片安详，极目所及的几盏渔灯，明灭之间更让人倍感大海的宁静。天上没有一片云朵，稀疏的星辰更衬托了一轮灿然朗润的皓月如君主般独临天下的威严。然而，在我的心灵里，总是觉得到这威严中透着一种无法释然的感伤，总是觉得这月光里透着一种难于超脱俗世的悲悯。

这充满感伤和悲悯的月光，蓦然间让我想到了我的母亲，想到了母亲临终前那投射到我心灵深处的目光，酸楚的泪水便不由自主地从眼眶中涌流而出。母亲小的时候，因为家里穷，刚生下来不久便被舍弃在庙里，由她的一个出家的亲戚在尼姑庵里抚养大。她的那个亲戚视她为亲生女儿，虽是随她吃斋把素，却没有让她落发为尼，而是送她到最好的学校去上学……

然而，在我还只有四五岁的时候，母亲却得了不治之症。母亲临走的那一天晚上神智特别清醒，我正在外面的月下疯玩，外婆把我拉到屋里说："你妈妈想看看你。"屋里点着一盏煤油灯，昏黄的灯光里，我看到母亲在床上正依被而坐，我便飞快地爬到床上，扑进了母亲的怀中。刹那间，我感到母亲紧紧地把我搂在胸前，扑簌簌的泪珠滚落在我的脸上。我抬起头来，胆怯地问："妈妈，你怎么哭了？"母亲没有说话，过了一会儿，她一下子把我从怀里推开，就是从这一刻起，我再也没有感受到过母亲怀抱的温暖和幸福！外婆把我接过来，母亲的眼睛含着泪水看着我说："我走了，这孩子这么调皮，往后还有谁能容他啊！"那时，我还真的不能理解她话中"走"的内涵啊……

我本是一个乐观主义者，一个虔诚的自然美神的崇拜者，在月光里哭泣，那是我唯一的一次。我想：一定是普陀山的神灵唤起了我对童年、对母亲凄楚的回忆。也正是这回忆，又让我永远记住了普陀山那夜的月光。

大学刚毕业的那一年，我和我的一个朋友一起去登黄山，初到的当天晚上我们就住在慈光阁。那天夜里，天气格外晴朗，一轮明月当空照耀。我和我的朋友来到一处临渊的山岩上。放眼望去，虽是山空月明，但也只能算是一片迷蒙的昏黄；向下看，只见谷中幽深苍茫，虽闻松涛阵阵，却不见林在何方；向上看，巍然屹立的天都峰，拖着巨大的阴影就横亘在我们的眼前。我用手一指，心中充满自豪感地说："天都峰啊，在你的眼里，今晚我们只不过是你脚下的一粒不起眼的小石子，但明天我们就要把你踩在脚下！"

听了我的话，我的朋友仰望着被月光勾勒出的在蓝天的衬托下轮廓分明的天都峰，半天没有说话。我问道："你在想什么？"他沉吟了半响说："说实话，我也像你一样在渴望着享受明天登上天都绝顶的风光和快乐，不管登峰的路途是多险多难多长，我们谁也不会退缩的。然而，面对眼前的这座有形的山峰，我却想到了我们年轻的生命渴望享受的另一座无形山峰的风光和快乐。其实，我们完全可以不必走进这座山中，当然，来到了山中，我们也可以不选择登峰。然而，我们虽然是平原之子，心中却对大山充满渴望，对峰顶的风光充满梦想。是这渴望和梦想把我们引到了这山中，并且还将把我们引向这山中的一座座山峰。其实，对山的渴望，不正是我们心灵深处对人生的另一座无形的充满无限风光之峰的隐喻吗？我们是朋友，这些年来，我们不是一直都能听到彼此灵魂深处的声音吗？我想，我们要更有信心、勇气和意志，在未来的岁月里，不畏一切艰难和坎坷，一定要登上我们更渴望抵达的另一座人生之峰。你说是吗？"

我和我的朋友是中学时代的同学，课余的时间里，我们最大的爱好就是读一些"杂书"：有人物传记，有战争史，有文学书籍等等。这些"杂书"在我们的心灵深处所唤醒的并不仅仅是对学习成绩的渴望，更重要的是我们灵魂的渴望……在黄山的月光里，我们俩第一次向彼此敞开了心扉，说出了我们在未来的岁月里永远都不会忘记的话！

人们常说，熟悉的地方无风景，对于月光，我想也不例外。"熟悉"往往是一副单色眼镜，它不但给我们的眼睛带来审美的疲劳，也同样会让我们的心灵变成无风无浪的一潭死水。而在旅行中，我们的眼中充满着好奇，我们的心灵燃烧着火焰，当然，在大自然中，美神狄安娜化身的月亮，岂能不更深切地触动我们的灵魂？

当我从泸定桥上走过

昊焱

那一天在旅行中,当我的双脚一踏上仅有十三条铁链横跨大渡河两岸的泸定桥的时候,我的内心深处在刹那之间便感受到了一种震撼灵魂的力量,一种比汹涌的大渡河更强劲、更不可遏止的力量,一种让我感动、让我燃烧、让我激奋的力量。这力量虽是诞生于历史的某一个时刻,但是,其意义却早已超越了历史的存在,阻挡了时空对人们记忆的磨蚀。在经历了漫长的岁月之后,那些曾经创造过那个伟大时刻的人们,也许都已鲜在人世,但是,他们的精神,他们的壮举,他们的信念,他们的意志,将如日月永照大地。

泸定桥始建于 1706 年的康熙年间,作为一般的桥梁,除了给人们的出行带来一定的便捷之外,它并不具有什么特殊的使命。然而,谁也不曾想过,在它建成二百多年后的 1935 年的某一天,竟会决定着一个政党、一支军队的命运和未来。在这里,蒋介石向他的军队下达了死守桥头的命令:"让他们成为石达开第二吧!"在他看来,大渡河将是任何人都无法逾越半步的天堑!然而,蒋介石和他的军队还是低估了红军的能力,就在他已经派了重兵扼守桥头并派大军来援的情况下,红军的一支军队竟然在一天一夜之间强行军二百四十华里，迅速抢占了泸定桥西桥头。然而，此时，百余米长的泸定桥早已被敌方守军揭去了绝大部分的木板，在空荡荡的铁索上只有敌方占据的东桥头还剩下一些。波涛滚滚的大渡河上，十三根光秃秃的铁索在风中悠悠晃晃，仿佛一道横亘在红军面前的地狱之门。国民党的守军一边向对岸开火，一边还得意扬扬地高喊："如果不想做石达开第二，你们就飞过来啊！"

  时间就是生命！对于命悬一线的红军来说，任何犹豫都将成为千古遗恨。石达开就是因为他贻误了渡河的时机，才落到了万劫不复的地步。这支红军队伍在经过了二百四十华里的长途奔袭之后，体能的消耗已近生命的极限，但是，必须夺取胜利的意志和决心，使他们立即不顾一切地投入到了夺取东桥头的战斗。以廖大珠、王海云等二十三人组成的突击队员们，背挎大刀，腰束手榴弹，冒着敌人密集的弹雨，沿着光秃的铁索，一步步向敌人据守的对岸爬去。虽然身后的战友已经为自己组织了猛烈的掩护火力，可还是不断有战友从铁索上中弹掉到大渡河里。但是，这并没有动摇任何一个人向前的意志！他们每一个人都知道：自己已经是一支被射出的利箭，一支必须射穿敌人心脏的利箭，一支只有前进而没有任何退路的利箭！此时此刻，他们所决定的也不仅仅只是个人的命运，这命运是与整个军队的命运紧密联系在一起的！向前，向前，向前！爬过去，便是一片光明！

  国民党的守军做梦也没有想到，对岸的红军会像猿猴一样在比地狱还要可怕的光秃秃的铁索上攀缘而来，他们来得是那么坚定、视死如归。国民党的守军被红军战士的勇敢、坚定的意志和不惧死亡的精神所震慑，他们的心在颤，他们的手在抖，在愈来愈近的勇士面前慌作一团。在枪和炮都不能阻止勇士们前进的时候，他们竟然在自己守卫的桥头点燃了对自己也一样不利的熊熊烈火，以期遏制住勇士的前进。已经接近了东桥头的红军战士面对突起的大火，也许曾经有过一刹那的犹豫。然而，接下来的却是一声炸雷般的呼喊："同志们，我们到了胜利的最后关头，冲啊！敌人垮了，冲啊！"呐喊声中，只见廖大珠向前猛爬几步，从铁索上第一个跃上桥板，冲过了火墙，紧接着勇士们也都一个个扑了过去，只见他们抽出马刀，左砍右杀，手榴弹也一个接一个扔进了敌群……

今天，当我作为一个旅行者缓缓地行走在这座曾被厮杀摇撼过的泸定桥上的时候，当我作为一个观光者轻轻地抚摸着桥上乌黑的曾被勇士们攀缘过的铁索的时候，当我作为一个背包客默默地凝视着激流滚滚曾被视作无法逾越的天堑大渡河的时候，我知道，那个战争造英雄、时势造伟人的年代早已离我们远去，因为这些英雄和伟人们已经将他们内心深处视作最圣洁最宝贵的礼品，奉献给了我们，这就是和平！

然而，和平并不意味着平庸和平凡，和平的年代，当然也不意味着每一个人的胸中可以不再勃发壮志雄心，更不意味着一个民族可以不再追求强盛和发展；恰恰相反，和平的年代犹如一片沃野，如果我们每一个人的生命不能在这片沃野里尽情地绽放自己花的美丽，不能尽情地奉献自己果的馨香，不能尽情地伸展自己的枝叶淋漓尽致地成长，那么，它就会是一片荒芜；如果这样，面对前辈们，我们就将感到无地自容。和平是照耀大地的阳光，是滋润万物的雨露，如果你是一棵大树，那么，你就去完成自己摩天接云的梦想；如果你是一棵小草，那么，你就去追求自己绽绿吐翠的辉煌。只有这样，我们才能对得起前辈们用鲜血和生命换来的和平；只有这样，和平二字才不失其内涵和灵魂：如果战争意味着毁灭和破坏，那么，和平则意味着创造和繁荣！

战争的年代里，如果胜利和功勋需要以鲜血和生命为代价来换取的话，那么，和平的年代里，成功和成就则需要用汗水、毅力和智慧来博取。在今天，如果我们能以当年廖大珠、王海云等勇士夺桥的精神来激励自己，来投入到自己的追求、梦想和奋斗之中，那么，我们还有什么样的理想不能实现，还有什么样的业绩不能创造，还有什么样的民族大业不能振兴？当年的红军就是靠着这种精神走过了天堑大渡河，打过了天堑长江，解放了全中国；今天，我们依靠着这种精神，必将使中华民族更加巍然地雄立于世界民族之林！

那一天在旅行中，当我一步步地从泸定桥上走过的时候，我的眼前虽然已经没有了当年弥漫的炮火硝烟，耳边虽然已经没有了当年震耳欲聋的厮杀呐喊,但是,我的灵魂深处却仿佛听到了一个民族最深沉最炽烈的呼唤:亲爱的朋友,愿我们每一个人都像廖大珠、像王海云那样无所畏惧地前进和争取胜利吧,你所取得的每一个成功,你所取得的每一项业绩,你所赢得的与生命有关的任何辉煌,都将是整个民族的意愿,都将是整个民族的渴望!

巩乃斯河谷之夜

昊焱

暮色像一张天网正缓缓地落下，美丽的巩乃斯大草原像一个柔情似水的迷人少女，正恋恋不舍地向即将远去的夕阳投去最后让人心动的一瞥。我徜徉在巩乃斯河的岸边，空旷的河谷在群山的怀抱里多像一个宁静的摇篮。那哗哗的流水像母亲轻唱的摇篮曲，那四周已经显得有些影影绰绰的大山又多么像披在摇篮之上的纱缦啊。然而，我却像一个躺在摇篮里不想安睡的婴儿，充满着青春的朝气和燃烧着激情之火的心灵啊，使我像一个第一次等待着与情人约会的少年一样期盼着夜的降临。我渴望着看一看天山深处夏夜的天空，渴望着触摸一下草原牧场凉凉的夜风……

当第一颗星辰像一个顽皮的孩子跳进了我的眼帘之后，无边的黑夜也在眨眼之间湮没了一座座山峰——它们的雄伟壮丽，它们的勃勃生机，它们的飒爽英姿，一下子便被夜的巴掌给拍得无影无踪，而闪耀的群星却像一个个被解放了的精灵，在湛蓝湛蓝的天幕下尽情地歌唱和跳舞。天上没有月亮，地上没有灯火，这样的夜空，可以说为每一颗星都提供了尽情展示自我的舞台，哪怕是一颗最卑微的小星也能够绽放出自己的光彩。银河中，浪花飞舞，旋涡翻卷，怒涛滚滚，波峰相连；牛郎河边担子以待，织女持梭含情相望；北斗七星犹如一柄神勺，发誓要舀尽天河之水，为那对有情之人开辟出一条相会之路……

　　这样的夜空，最易勾起那些深埋在心灵中的童年时的记忆，那时，我常常住在乡下的外婆家。夏天的夜晚，舅舅总是带我到村边的麦场里去睡觉，他常常指着天空给我讲星星的故事，给我讲天上的星星与地上人的命运的关系。舅舅虽然只是一个连小学也没上过的农民，但他那时在我的眼里无疑是世界上最伟大的哲学家、天文学家和故事大王。讲到最后，他总是让我和他一起深深地吸上一口气，然后再用这口气一遍遍地背诵这样的一首儿歌："勺子星，把子星，北斗七颗星，谁能说七遍，到老不腰疼。"我不知道我舅舅的身板现在依然这么硬朗是不是得益于这首儿歌，但是，在当年那样的夏夜里这首儿歌无疑成了我们爷俩的催眠曲，因为背着背着我们就不知不觉地进入了甜美的梦乡。那时，我总以为天空会一直这样湛蓝，星光会一直这样灿烂，没想到许多年后天空早已变得灰蒙蒙，儿时的天空，我却要跑到数千公里远的天山深处才能找到。

　　河谷里的风越刮越大，河对岸山坡上的白桦林中竟传来像闷雷一样的阵阵涛声，轰隆隆地敲击着我的耳鼓。如果不是抬头就可看到一天的星光和无边的蔚蓝，说不定我真的就会怀疑是雷公正驱赶着乌云铺天盖地的涌来呢。河谷里漆黑一团，伸手看不见五指，当然也看不到白桦树在肆虐的风中拼命挣扎的身影。有那么一刻，我甚至突发奇想：如果这夜风席卷满天的星斗像驱赶羊群似的呼啸而去的话，那将是一番什么情景？想着想着，我自己也禁不住笑了：呵呵，没有星辰的天空，哪里会造就如此诗意的夜晚，哪里会给我带来如此美妙的心境？

　　虽说是夏天，但天山深处的巩乃斯河谷的夜风却带着冰雪般的寒意，当我实在无法与这寒意抗争时，便只得向美丽的夜空投去最后的一眼，轻轻地叹一声："景色虽好，却非久留之地！"回到牧民的毡房里，铜茶炊正咕噜噜地冒着热气，就像热情的主人已烧好了奶茶正在等待着客人一样……

登顶，是为了回家

　　登顶，是为了回家；踏上巅峰，是为了回归平凡。攀登的经历，会让我们更加明了：生命之于人，是最终极的享受！富于攀登精神的人生，应该是闪烁着智慧之光的人生，唯有知道珍惜和尊重生命的人，才能更好、更出色地去弘扬攀登精神！

走在毓秀桥上

金鑫

去年出门旅行路过陕西的时候,还特地来到韩城市南郊的居水河边,看看那座曾被一个人以三两银子卖给国家的毓秀桥到底是什么样子。一踏上此桥,才知道这是一座长近二百米、宽近五米的石桥。走在桥上,看着那棱形的桥墩、石板铺就的弓形桥面,以及那桥两边柱头上雕饰着各种形状的漂亮石栏,怎不使人对卖桥人从心底顿生无限的敬意,并深深地思索那"三两银子"的价值和它所代表的真义啊!

这座桥的卖主是韩城潭马村的刘荫枢,在清朝康熙年间曾官至贵州巡抚。有一年,刘荫枢回家探亲,看到乡亲进城赶集都被居水河所拦,来往极不方便。于是,他决定拿出自己做官这些年的全部积蓄,要在河上建一座桥。当他把自己的决定告诉家人的时候,除了他的夫人支持他之外,几乎所有的人都反对他的做法。他们认为他应该把这些钱财留给子孙,给他们多置些田地房宅,以防将来受冻饿之苦,何况他本人也需积攒一些钱财养老送终啊!

可是,刘荫枢并不因亲朋的反对而作罢。他说:"儿孙自有儿孙的福,他们若自己不努力读书,无知无能,我留给他们钱有什么用呢?只有他们奋发自强，才能有出息啊！"于是，他物色了能工巧匠，选择了吉日良辰，动工修建。两年的功夫，便在居水河上建起了一座雄伟壮观的石拱桥，并起了一个很好听的名字：毓秀桥。因桥给乡民们带来了极大的方便，所以，刘荫枢也因此德行而誉满韩城。

又过了一些年，刘荫枢再一次回韩城探亲，当他走在毓秀桥上，看到桥上人拥车挤，熙熙攘攘，心中自然充满一种造福乡里的快乐。就在这时，一直站在他身边的儿子说话了，他说："爹，你看每天要有多少车马行人从这桥上经过啊。这桥是我们家的，以后你告老还乡之后，我们就派人往桥头一坐，只要从每个过桥人的手中收一枚铜钱，我们就有享用不尽的财富啊！"听了这话，刘荫枢心里禁不住"咯噔"一下，他想："我刘荫枢建桥本是造福乡里的一件好事，我的儿子竟然想到了以桥揽财。有我活着也许他还不敢这样做，等我百年之后，他要是真的把这桥当成了摇钱树，我还能管得住吗？我一定得想法子断了他这个念头，我要让他明白'好男不端祖宗碗，儿孙兴旺福泽远'的道理。"

第二天，刘荫枢便给韩城知县发了一个请帖，请他到潭马村来议事。这知县当然不敢慢怠，进了刘府之后，只见客厅里已坐满了邻里父老和当地知名乡绅。等知县坐定之后，刘巡抚说道："我今日请大人和各位父老乡绅来家中，是有一事商量。大家都知道这城南的毓秀桥是我家所造，今天我想借回家探亲之机，把这桥卖给韩城县。"

他的话音未落，在场的各位都傻了眼，不知刘抚院葫芦里卖的什么药，一个个心里犯嘀咕："刘巡抚为民造福的德行正在为大家所称赞，现在却要卖桥，是不是官当大了，想以势压人？"刘荫枢的儿子一听爹要卖桥，心里好不得意。他想：就是按造价算也得个三五万两银子，加上这些年的利息，至少也得卖个十万八万两吧。

这时韩城知县说话了，他问道："不知刘抚院想卖多少银子？"刘荫枢伸出了三个指头。知县脸色一寒说："刘大人，你知道府库本来就空虚，一下子实在拿不出三十万两银子啊！"刘荫枢摇了摇手说："不要这么多。"知县说："是三万两吗？"刘说："不，也多了。"知县面带愧色地说："刘大人是说三千两吧,这可是连买一个桥洞都不够的啊。"刘荫枢大声说道:"也不是三千两,而是我只卖三两银子。"

此话一出,在场的乡邻父老、知县和家人都愣住了,尤其是他的儿子,都快急出眼泪了,他说:"爹,我们为建此桥已经倾尽了家产,人家当官,家中都有钱有地,你看看我们家有什么啊?"

听了儿子的话,刘荫枢叹了口气说:"我这些年因忙于公务,一身清白,总算对得起国家和百姓,但忽略了对儿子的教育,以致儿子有了想把这桥变成我家的摇钱树的想法。如果我满足了儿子,我就是殆害儿孙、祸害乡人啊!俗话说'好男不端祖宗碗,儿孙兴旺福泽远',我造桥本是为了家乡的父老们造福,现在我卖桥,却是在为我自己的儿孙造福啊!许多人做官揽财,致使儿孙骄奢淫逸,多堕落成纨绔子弟,这正是我不愿看到的啊!我的儿孙后代,人人都能自强自立,才是我最大的愿望!"

说完,他命家人拿出纸笔,当众写下:"本人自愿以三两银子将毓秀桥卖给韩城县,立此为据,决不反悔。刘荫枢。"写好后,他长长地舒了一口气说:"万贯家财有可能变成沉重的包袱,葬送了后代前程。如今我已一无所有,总有一天后代人会理解我的心!"

抚摸着毓秀桥的栏杆,我深深地叹道:刘荫枢是一个多么深谋远虑之人啊!让儿子贪图眼前的一时之利,无疑会助长他的贪欲之心,从而贻害无穷。这个卖桥教子的故事,就是在今天我们读来,不是也仍具有深刻的现实意义吗?刘荫枢的"好男不端祖宗碗,儿孙兴旺福泽远"信条,也同样值得任何一个做父母的深思啊!

心的漂流

锦程

只有当你把自己像一片树叶一样放进山间的溪流里奔腾而下的时候，你才会真正地明白：那被浪花涤荡的实际上并不是你有形的躯体，而是你的那颗平时充满烦躁和忧思的心……

我像一片被思想的风追逐的流云一样，越过千里大平原，飘落到了贵州山间的一条溪流——彬木河边，在一个炎热夏日的午后三点来钟的时候，登上了一条双人橡皮筏，以一根竹竿为篙，便开始了我有生以来的第一次漂流。我的伙伴是一个自称广西佬的中年人，他说自己是一家皮革店的老板。

彬木河水并不太深，可水的落差却赋予了它狂野不羁的个性。我们乘着橡皮筏一进入激流，便像一匹脱缰的野马一般呼啸而下，飞溅的浪花，把我们打得浑身透湿。还没冲出去多远，就看到我们前边的一条橡皮筏的一边被一股急流冲到一块石头上，失衡的筏中人像下饺子般霎时就没入了水中，我们忘记了自己的险境，开怀大笑起来。然而，就在这时，还没等我们明白是怎么一回事，就一下子被一个浪头掀落水中，在湍急的水里翻了好几个滚才艰难地爬到筏里。漂流的路上，除了急流和隐藏在水中的石头所造成的险境之外，更厉害的还要数那如瀑布般的落差，它们总是像投石机一样不断地把我们抛出去，并把橡皮筏一次次地倒扣在我们的头上，肚子里也在不知不觉之中喝下了不知多少不收费的彬木河水……

经过一段急流险滩之后，我们终于进入了一段坦途，这里水面较为开阔，水流也较缓，溪水清澈见底，绿枝倒垂水面。有些人把漂流筏停在水浅处去摘开在山坡上的美丽花朵，有些人则在水边捡一些漂亮的卵石留念。我本来也想上岸徜徉一番，可我的伙伴不同意，我就躺在筏中，随流自然而下，静静地欣赏着刚才无暇欣赏的两岸矗立的青山，寻找着猴子不时出现在峭壁树丛中的身影，想象着不断幻化的流云……

就在我正沉浸在这无我之境中任灵魂展翅翱翔的时候，我的伙伴却突然焦急地说："这筏子漂这么慢，什么时候才能漂到终点站？都五点多了。"我说："既然漂得如此逍遥自在，还管什么终点和时间呢？"他说："你不知道，我和我的朋友约好晚上六点钟，他在终点用车接我，我还以为一会就漂完了，要知会是这么长时间，我就不来了，晚上我还有一个应酬啊。"说罢，他从我的手里要过竹篙，想像撑船一样让橡皮筏快一些，然而，本来皮筏顺水走的是一条自然水路，可他一撑，却不时改变方向，撞到石头上，稍不注意又要翻船，他累得不轻，却并不能加快一点儿漂流的速度。大概因为平时酒喝得太多而显得有些肉宣骨松的他，一会儿就累得直喘粗气。他无力地躺倒在筏子中，嘴里还不停地说着："这怎么办呢，这怎么办呢？"我笑着说："我的朋友，你说我们能怎么办呢？你知道无奈之中的最高智慧是什么？"他双眼一亮，还以为我会说什么好办法呢，急问道："是什么？"我笑着说："这最高智慧就是：既来之，则安之！"他一听这话，就像是泄了气的气球一般满脸无奈地说："哼，这算是什么智慧！"我说："谁若能把无奈的时光变成一种人生的享受，谁就一定具人间最高的智慧！"

我们正说着，橡皮筏又驶入了急流之中，峡谷中又一次回荡起漂流者的一声声的惊叫，我们也顾不得再讨论什么智慧不智慧的了，齐心协力地保持着筏子的平衡，尽量少地把我们倒扣在水中……当水流又缓的时候，我说："刚才你咋不急了？"他说："刚才只想着别掉到水中去，急流把一切都冲忘了。"我止不住哈哈大笑起来，说："如果漂流的时候，就只想到漂流这件事本身，还会有什么事来烦心呢？别说是在漂流中，就是在平时，对于我们一时半时改变不了的事情也要有泰然处之的度量啊！出门旅行和游玩，就只在心情二字上，你不把自己的心带到这峡谷里来漂流，就永远尝不到真正漂流的滋润味啊，就像你，哪怕是在漂流中，也感受不到漂流之乐！"他听了我的话，大笑着说："管他什么应酬不应酬呢，就是明天要破产成了个穷光蛋，我现在也得好好地享受享受这漂流之乐。哈哈哈，得快活处且快活吧！"我们正笑着，唰的一个浪头又把我们卷到了水底下……

晚上九点多钟，我们才优哉游哉地漂流到终点。

角 度

嘉熙

在拍摄一朵花的时候,我们常常可以在选择了最佳的拍摄角度后才按下快门,这是因为在这枝小小的花朵周围,我们无须付出多少代价,就可以随意地围着它转悠;而在长途旅行、徒步探险的路上,我们面对的却是巍巍的青山、蜿蜒的流水、雄艳的冰峰、空旷的大漠,可谓空间广阔,群山峥嵘,最佳的拍摄角度往往是可遇而不可求。所以,往往已经走过了,才知道自己错过了一些绝佳的拍摄角度,才知道站在身后的那个已经遥远而不可回的位置上拍照,艺术效果才最能淋漓尽致地展现。后悔吗?当然!但后悔也有可爱之处,因为它把经验领进了你的心门,让你慢慢地学会了以后怎样更好地抓住那稍纵即逝的机会。

看了上面的话,一定会有人说:"大自然无处不美,何需太注意什么角度?"

问得好啊!欣赏大自然的美,确实不需要太追求什么角度,因为她是立体的,是连绵不断的,是无限宽广的,无论你站在哪个位置上看风景,都能让你感受到赏心悦目、酣畅快意的独特之美。但是,摄影却需要把握角度,因为照片是平面的,是被割裂的,能够表现的主题也是有限的,所以,任何一幅没有层次感、缺乏光影变幻的照片，都不可能会有视觉美感和艺术魅力。

　　另外，大自然本身就是鲜活的，是流动的，置身于大自然之中，无处不感受到她斑斓的色彩变化，那里的一草一木、一石一山、一溪一壑，也无不让你感受到勃勃的生机，所以，她无须依托任何雕琢，已经是美不胜收了；而照片则是凝固的，是死的，所以，它必须依托于艺术的创造才能抓住人的眼球，才能给人以美的享受。

　　实际上，我们的人生，应该说就是一次更具有伟大意义的旅行。虽然我们是行走在崎岖坎坷、并且是不可回头的岁月之路上，但是，生活是美的，是开满希望和梦想之花的，伴着你旅程的是人世间的一道道最亮丽的风景，充溢于你心灵的更是一次次情不自禁的感动。然而，一路走来，你将拍摄怎样的"照片"，来展示那人生旅途上至美的风景，来宣泄你心中的感动？有的人一生都在忙忙碌碌地抓拍之中，处处都想展示自己"摄影"技术的高超，却处处看不到他生活之"照"中鲜明的主题，闪亮的光景；而有的人，则一生都在不断地追求自己生活之景中最美的拍摄角度，所以，他的每一幅展示自己生活之美的"照片"，都是主题鲜明、个性突出、美艳照人的。

　　看来这"角度"二字，并不仅仅是摄影的艺术，也闪耀着人生智慧的光芒啊！

　　当然，如果我们在人生的旅途中因为曾经错过了"最佳拍摄角度"而后悔过，那么，就让这后悔成为人生的经验，让它帮我们在以后的岁月里拍摄出更美好的、具有自己独特魅力的"照片"吧！

呼吸的空间

嘉熙

在香格里拉旅行的时候,我打开自己的数码相机给摄影师老张看,老张在手提电脑上浏览了我的照片之后,幽默地说:"你的单反相机不错啊!"我当然能听出他的弦外之音,就笑着说:"是不是想说我的摄影技术实在太委屈了这台相机啊?"

老张也笑了,他说:"既然买了这么好的相机,面对大自然如此美妙的景色,摄影时就不能不讲究点艺术效果和美感,你说是吧?"我点了点头。老张指着一张风景照说:"这张风景照的景色,可以说绝美无比,远处是雄伟壮丽的冰川雪峰,近处是青郁的草甸和弯弯的溪流;然而,就因为你取景时把冰川雪峰放在了过于顶'天'(上面的边框)的位置上了,没有一点儿可以呼吸的空间,反而在视觉上给人一种压抑感。"

接着,老张又打开一张人物照说:"如果这张照片只是记录小李(我的朋友)'到此一游'也无所谓好不好了,但作为一个专业摄影者,我看着非常别扭。你看,小李面对着的差不多就是边框,你把主要的风景都放在了小李的身后,而小李的前边就那么一点点呼吸的空间,让人看上去,会感觉多么局促啊?其实,你只要让小李转个身,那他的呼吸空间不也就出来了吗？"

最后，老张说："对于你所摄影的主体，不管这个主体是自然界中的山川花木，还是人物建筑，一定要给它们留有足够的呼吸空间，才不会让人产生挤压逼仄的感觉；也只有这样，你的照片才能在视觉上给人一种赏心悦目的快感，才有欣赏的价值；失去了这个能够自由呼吸的空间，美就会窒息，就会失去灵魂。"

老张的话，让我突然想起了与一位农民的一次对话。我说："如果你在地里把种子播的密度大一些，出的苗就会多一些，那么，来年不是就会多打一些粮食吗？"农民嘿嘿一笑，说："庄稼的苗与苗之间如果没有足够的呼吸空间，那么，它们挤在一起，就会因为憋气而了无生机，难以结籽，甚至会颗粒无收。"

摄影家从艺术的角度，农民从种地的朴实经验，他们以自己独特的语言所强调的"呼吸空间"，细细想来，不也正是我们人生的艺术和生活的大智慧吗？我们生活在这个美丽的世界上，如果不能给心灵留一些自由呼吸的空间，总是被物欲、虚荣、名誉和地位塞得满满的，那么，我们就会因为这些过多的欲望得不到满足而怨天尤人，在这些重负的挤压牵累中，我们根本就看不到生活的希望，更享受不到生命的快乐和幸福。其实，只要放下这些多余的欲望，我们便会顿感天高地阔的舒展。

在我们渴望铸梦成真、成就卓越人生的岁月之原上，如果我们能给自己的梦想之树留有足够的呼吸空间，让它能尽情地拓展自己的枝干，而不是让它置于纷繁的琐屑之事中被挤得没有立锥之地，那么，它就会在你的奋斗中开花结果，铸就你生命的辉煌。在人与人的相处中，如果彼此都能给对方留有足够的呼吸空间，个性的花朵都因为能得到充足的阳光而各呈斑斓的色彩，那么，相爱的人，就不会因为审美疲劳而相互厌倦；相知的人，彼此就会更加尊重；相亲的人，就会在相互的依存中得到更多安慰。

因此，把握住了呼吸的空间，就把握住了人生的艺术和智慧，那么，我们就能在这个世界上，尽享生活之美、生命之美、和谐之美、爱情之美、成功之美、收获之美、教育之美……

灵气、浩气、书卷气

鹏飞

独自一人悠然地行走在南岳衡山之中,我忽然看到路旁有一条幽静的小道,便随意地走过去,不想尽头竟是一个松柏掩映的院落,门楣上写着"邺侯书院"。恕我无知,当时真的不知道"邺侯"是何许人,只是这"书院"二字让我心动不已。信步而入,院里静悄悄的,空无一人。看到一座古屋的廊柱上写有:"三万轴书卷无存,入室追思名宰相。"心下暗惊:这个邺侯,竟然还是一代名相啊!

进得室中,果然空落,正堂供奉着一尊仙风道骨的长者塑像,两旁垂联"煨芋十年宰相,挂冠陆地神仙",四壁上挂着对邺侯生平事迹介绍的字画。专心地浏览过,才知道邺侯便是曾经辅佐过大唐四任皇帝的宰相李泌。香案上放着一本《李泌传》,我便不自觉地立于案前读了起来。不知何时,一个精神矍铄的老人已立于身旁。攀谈中,知道老人就是这书院的管理者,特别是当他知道我是被"书院"二字吸引而来的时候,便下意识地道了个"好"字。他说:"虽然南岳衡山游人如织,但邺侯书院却门可罗雀;在这个被浮躁之气壅塞的世界上,能如此沉心静意地临案而读以求更深地了解邺侯者,游客之中,你还是我见到的第一人。难得,难得啊!"

说话之间，老人非常热情地把我让到屋外一浓荫下的茶几旁，为我斟上一杯香茗，笑呵呵地说："喝杯茶再走，权当歇歇脚吧。"清风徐徐，茶香缕缕；林木森森，青山隐隐。见此情此景，我禁不住由衷地叹道："当年李泌读书此间，魂系于篇卷，心逸于峰烟，有治世之志，却又无功名之欲。人做到了这个份上，他被后人称之为'陆地神仙'，真是一点儿也不为过啊！"

老人说："李泌生于官宦之家，不但没有官宦子弟被宠坏的通病，还志趣高远、学究天人，能以智慧之舟载身于波谲云诡的现实之海，能以风流之境遨游于云蒸霞蔚的精神之山，可以说正是得益于天地间的'三气'合于一身的结果啊！"

"三气？什么三气？"老人的话让我瞪大了眼睛。

"李泌自幼聪慧，七岁时便能咏'方如行义，圆如用智。动如逞才，静如遂意'，可见其生命之中透着天地间的灵气。其实，灵气并非是李泌所独有，应该说每一个孩子都不缺少天地造化的灵气，关键是怎么引导这灵气成为孕育生命智慧的渊薮。据史书所载：'李泌父承休，聚书二万余卷，戒子孙不许出门，有求读者，别院供馔'，由此可见，李泌家中氤氲着浓浓的读书氛围和书香味道。李泌十五六岁的时候，曾写过一首言志之诗：'天覆吾，地载吾，天地生吾有意无？不然绝粒升天衢，不然鸣珂游帝都。焉能不贵复不去，空作昂藏一丈夫。一丈夫兮一丈夫，平生志气是良图。请君看取百年事，业就扁舟泛五湖。'诗中透出的才气、志气和朝气，正可以归结到彰显读书人的学养博识的书卷气上，而书卷气正是书生味的升华，说明他已经能将自己的所学融汇于自己的所思所行之中了。灵气加书卷气，也正是读书人步入才子行列的一个重要的标志。俗话说'腹有诗书气自华，是真才子自风流'，虽然才子的儒雅气质令人赞叹，才子的风流洒脱令人艳羡，但才子之才，恐怕也只限于舞文弄墨、吟诗作赋而已，虽然能口吐莲花、旁征博引、指点江山，但是，却还不足以成就家国之大事。比如历代的状元郎可谓天下最大的才子了，然而，真正成就了宏业伟绩的曾有几人？因为才子的才智还不能算是真正的智慧，才子的气度还不够宏广，因此，还需一气以壮其魂魄，方能达到大智大慧、收放自如的化境啊！"

听着老人不同凡响的谈吐，心中的敬佩之情禁不住的油然而生，没想到老人家通过对李泌的研究，竟然对人才的成长形成了如此独到深刻的见识和见解，这南岳衡山真乃是卧虎藏龙之地啊！于是，我便迫不及待地问道："还需一什么气呢？"

老人家呵呵一笑说："天地间的浩气！造化无为而纳月吐日，自然不言而万物化育，流水不争而成其浩瀚。做人如果有了这样广博辽阔的襟怀，他的才智方能开出最美丽的花朵、结出最甜蜜的果实啊。当初李泌写的言志诗很受人吹捧，李泌也有些沾沾自喜，但是，宰相张九龄却毫不客气地批评他说：'早得美名，必有所折。宜自韬晦，斯尽善矣。藏器于身，古人所重，况童子耶！但当为诗以赏风景，咏古贤，勿自扬己为妙。'张九龄的点化，让李泌顿然了悟于心。从此，他便常常游历于天下，寄情于山水，从而养成了自己那如风似云的仙魂道骨。后来，在南岳衡山的这座书院里，面对烟霞峰一读就是十二年之久，从而也让自己成了这山中一道独具魅力的风景。一个无欲无求而又智慧超群的治国干才，怎能不是皇帝们渴慕的宰辅？唐朝的祖孙四代皇帝都倚重于他，这既是一个传奇，也是一个必然啊！一个能集灵气、浩气和书卷气于一身的人，不管他是在朝还是在野，都必然会是一个有故事的人！兄弟，你说是吧？"

老人家的话可让我开了眼界，从他那里我深深地懂得了：读一个伟人或英雄，并非只看他做了什么，更要细致入微地读读他的精神和境界；也许，并不是任何人都能像李泌那样四朝为相，但是，透过他的精神和境界，我们也会明白自己应该怎样的做事和做人，也会明白自己应该怎样从成才走向成功！

告别了老人，继续我的衡山之旅，但那落入目光中的峰峦溪壑、宝刹古寺，却让人感觉已经被赋予了不同的新意和气象。

盘旋在幽谷之上，
行走于云峰之巅

子默

从江西的三清山旅行归来，有人问我最大的感受是什么。"盘旋于幽谷之上，行走于云峰之巅！"这句话我竟然脱口而出。我的回答，难免使问者感受到一种莫名的惊奇："如何盘旋？"呵呵，当然是借助于凌空而架的栈道了！正是它，让古老的道教福地三清山，竟有了一条让任何一个凡人都能感受到"羽化登仙"之妙的通天大道，我想这应该就是人类的智慧在三清山中奇妙无比的杰作吧。

我是上午九点多钟从鹰潭乘车到达三清山下的，虽然有空中缆车可以把游人送达半山腰，但是，因为我历来喜欢徒步登山，不想让途中的美景在眼底一闪而过，而是渴望慢慢地品味、细细地咀嚼，然后，再找准视角把它摄入镜头，以备日后弥补记忆的不足，所以，我便背着行囊、手持登山杖，踏破一片幽静，笃笃地向山中走去。

初入山时，人行于深谷幽壑之中，峭壁拔地而起，浓荫遮天蔽日；只有溪中流水潺潺，树上夏蝉声声；虽然山外正值热浪滚滚，但山里却凉意习习；拾级而上，心中自有一份悠然自得的快意。大约走了一个半小时之后，抬头仰望，天开之处，只见峰崖兀立如莲花怒放，云缠雾绕似人间仙境，那如幻似梦的美景诱惑着我，让我不自觉地便加快了登山的脚步。

爬到半山腰处，便是悬崖峭壁之下的一片平台。向右是南清园景区，向左是通往西海岸景区。我心中疑惑：三清山并不临海，何来的西海岸啊？好奇心吸引着我向左拐去。过了浏霞台不久，一条从悬崖峭壁上凌空飞架的栈道乍现于眼前，踏上栈道，一种腾空飞翔的感觉溢出心底，俯视脚下，一阵晕眩涌上脑门，只觉得这不是在登山，更像是在驾云。我背依雄踞于身后的万仞青山，放眼望去，只见群山逶迤，云海茫茫；巨石嶙峋于脚下，苍松隐现于谷底；奇峰如花怒放于皎洁碧空，幽壑似龙深藏于缥缈云雾。正欲前行，忽听身后有一女子带着哭腔高声尖叫："我怕！"转身看去，原来是一中年女人刚踏上栈道没有几步，便脸色铁青，双腿发颤，豆大的汗珠直往外冒，一定是有恐高症吧。一个举旗的导游走到她身边说："大姐，你静一下心，靠着栈道的内侧走，别往下看就没事了。"

行走于栈道之上，对于有恐高症的人来说真的是一个严峻的考验，在那一米多宽的栈道之下便是望之令人胆寒的深渊，栈道虽有栏杆，但难免会让人感觉到自己如一片高于枝头的树叶，只怕一阵风就将飘落于谷底；但是，就是这种美妙的感觉，让我们有了一种灵魂出窍、超脱了肉体在大山之中翱翔的欣快之感。我们有时会感到自己像风在山崖间穿行，有时会感到自己像云在峰头盘旋，有时会感到自己像小鸟在林间跳跃，有时又会感到自己像是得道的仙人享受着山中的这份悠闲。啊，这是一条多么富有浪漫诗意的栈道！对于你迈出的每一步，三清山都会以不同的风景来满足你的双目和心灵。你看啊！刚才那如雄鹰展翅的峰头还与你齐肩而立，一会儿的工夫，它便成了你脚下深谷中的一块不起眼的山岩；一小时前，头上那座仿佛遥不可及耸入青天的山峰，转眼间已被你踏在了脚下……

栈道，在三清山中仿佛并不是一条悬在绝壁上的路，而是一条盘旋的游龙，载着你穿过原始的森林，飞上一座座峰巅；那千万年深藏于大自然深处的独绝美景，终因有了这条游龙而尽现于你的面前。登上绝顶玉京峰，便顿感天低云近，风光无限，群山含黛，幽壑苍茫；是置身于人间，还是站立于天庭？飘飘欲仙之中，我不知道是三清山的美景融入了我的梦境，还是我的心灵已融入了三清山里那各种造型独具的山岩中?放眼四望,那云烟浩渺似海,那峰峦起伏如涛,不觉心有所动,忽然明白了"西海岸"的内涵:人行于栈道之上,不正如临海漫步、登岸观景吗?

峰顶有什么？

子默

夏初，有幸与朋友一起走进秋沟。八百里太行，造就了无数的奇景妙境、险山危峰，海拔虽不算是太高，但峰崖大都平地凸起，壁立千仞，非登临者，便难领略太行之美的气势和雄伟，而地处辉县的秋沟，无疑就是她最具有代表性的杰作之一。

置身沟底，只觉得四面的青山拔地而起，悬岩屹兀，群巅峙立；登临的欲望顿起于心。过了沟上的彩虹桥，便有一条直通最高峰石缸岭的山路。行至三恼村后不久，山道便如挂在峭壁上的"之"字；登之愈高，便愈有飞天凌空之感，特别是最后的一二百米路程，更是坡陡路窄，渊深无比，石阶仅有半脚的宽度，且无护栏相佑，看上去大有华山苍龙岭的雄险、黄山鲫鱼背的危耸！登临到此，便有人问："峰顶有什么，值得我们冒如此之险？"从峰顶下来的人说："上面啥都没有，秃岭一个。"同伴便有人动摇说："还是不上了吧，一个秃岭有啥看头？"我说："不！敢于攀登本身，就是我们人生的一大风景。说实话，我为刚才下来的人感到悲哀，既然到了山顶，为什么还只看脚下，而不抬眼看看那险峰之上的无限风光呢？既然来了，那就勇于挑战一下自我吧！"

在我的鼓动之下，大家的信心倍增，稳步而上。最后的那五十米，真的是够呛，路窄不说，那陡坡更让人心慌。我本没有恐高症，但置身绝壁危岩之上，难免使人有些晕眩之感，只好手脚并用，龟爬而上。幸亏大家都是惺惺相惜，不但没人笑你，而且还不断地相互提醒："小心，慢行，安全第一！"

我们颤颤巍巍、小心翼翼地爬到山顶的平台上，一颗悬着心顿时落到肚里。凭栏俯瞰，幽壑葱翠，山青若黛，平湖静卧谷底，为山川平添了无数的灵气，其美其艳，大有武夷山水之妙。抬眼而望，山耸峰立，峦重嶂叠，云天苍茫，岂止秃岭一个？

吃了午饭，稍事休整，我们又爬山去观冰穴群。因为这是一个"体验型"景点，路只修了一段，其余的便是在乱石之上被人们自然踏出的路了。很快，我们到达了第一个冰穴，只见乱石之下，一片冰晶，飕飕的冷气直往上升。伸手触摸冰块，很快便融化成一小窝水，但手一拿开，水便在刹那间复原成冰，好不让人啧啧称奇。再往前不远，便是陡峭的乱石坡了，看着不时滚动的石块，同伴畏途不前，问一个从上面下来的游客："峰顶有什么？"答道："听说上面有一个冰窟，但路太危险了，我没爬上去！"听了回答，同伴说："你自己上吧，我到山下等你了！"

开始的时候，还有几个游客往上爬，可爬着爬着，一个个便都回了头，原来那立陡陡的土路，一蹬一滑，不抓住旁边的荆草、小树或抠住土中冒出的石头棱角，根本就没法上去。我独自一个人爬了三四十分钟，突然一种恐惧感袭上了心头，正当我在决定是上还是下的犹疑之时，竟然上来了一位中年妇女，绝境之中遇上了同道，四目相对，不觉会心一笑。我说："太险了，还上吗？"女同胞说："上！人生若不能留下一些波澜壮阔的东西，岂不是太对不起自己了吗？"于是，我们相互激励，手抓脚爬地攀到了山顶，尽管手臂上划破了道道血口子，但一种与峰巅同高的快意却刹那间泅漫于胸间！虽没看到传说中的冰窟，但是，立于峰顶，我们却感受到了自己生命里的一道能够与天地并美的风景——那就是对自我的挑战！

其实，我们无须多问"峰顶有什么"，因为山峰本身就是大地之母的乳房，她会无私地为每一个扑入自己怀中的孩子，予以伟大精神之乳的滋养；当然，唯有勇敢的攀登者，才能在自然之母的怀里得以痛饮！

额尔古纳的防蚊帽

思远

夏天，旅行至内蒙古的时候，在呼伦贝尔，一个驴友说："到离此一百多公里的额尔古纳去看看吧，那里有一片极美的风景——根河湿地！"

于是，我们便乘班车来到了这座与俄罗斯的多萨图伊遥相呼应的小城。下午四点来钟，我们准备打的去城外的根河湿地时，司机大姐说："你们一人买一顶防蚊帽吧，不然，那里的蚊子会把你们叮得无处可逃的！"尽管同车来的三位驴友都买了，可我却以为司机大姐的话有些夸张，就没在意。下车的时候，司机大姐递给我一顶纱帽说："这是上次一个游客落在车里的，你带上备用吧，这里的蚊子可是你想象不到的凶猛呢！"看大姐如此的热心，我哪里还好意思再拒绝呢？

爬上一座高约五六百米的小山，凌空俯望，果然是一片方圆数公里的湿地，尽展于眼底，青草郁郁，绿树漠漠，曲折婉转的河流，画着大大的"S"，如一条飘逸的玉带，从湿地穿行而过，许多小湖，如玉带上镶缀的珍珠，闪烁着美丽的光彩。特别是那个巨大的马蹄形的湖泊，更是卓然入目，因为传说是成吉思汗的战马所踏，便又多了几分神秘的色彩……

我们正在山顶陶醉于眼前的胜景之时，早有蚊子悄然来袭，开始的时候,只是拿着纱帽忽闪几下,便以为可以吓跑它们,谁知它们是越聚越多,并且都像"神风敢死队"一般,向你俯冲而下,冲到皮肤上就是一口,下嘴之神速,真让你防不胜防。只一会儿的工夫,我的脖子上、脸上、头上,凡是裸露之处,转眼间已经是肿包凸起,奇痒难忍,终于明白了司机大姐说的这里的蚊子"可是你想象不到的凶猛"的内涵,只得乖乖地把防蚊帽戴上,长长垂落的轻纱,一下子就把蚊子凌厉的攻势化解在了纱外。因为没有了顾虑,便可以自由自在地进入湿地,尽情地欣赏天地间这一独特的美景了!而后来的几个游人,因没有戴防蚊帽,很快便不堪这些毒蚊的袭扰,哪里还有心情赏景呢?他们一边抱怨着"这真是吸血鬼的聚集地啊",一边迅速地撤离了。

当我走下山坡,在湿地间愉悦地徜徉的时候,看着身边成群结队、无可奈何地围着我打转的蚊子,心中颇有所悟:我们生活在人世间,可以说无处不美景,但是,人世间的不平事,也会像眼前的蚊子一样驱之不尽、灭之不绝,若任其叮咬,则苦不堪言,此种情境中,景色再美,我们也无心享受;如果能戴一顶防蚊帽,以轻纱屏之,自可获得一片清静,安享这如诗如画的美景。我们没有灭尽天下蚊虫的本领,但我们应该不缺少屏蔽蚊虫的智慧吧?所以,给心灵一个防蚊虫的"纱屏",便是我们能够享受美好人生的大智慧了!

到墨脱的街头去散步

浩轩

第一次听说墨脱是在一次旅行的途中,一个旅伴在休息的时候,给我们朗诵了一首诗:"那一天,我闭目在经堂的香雾里,蓦然听到你诵经的真言／那一月,我摇动所有的经桶,不为超度,只为触摸你的指尖／那一年,磕长头匍匐在山路,不为觐见,只为贴着你的温暖／那一世,转山转水转灵塔,不为修来生,只为途中与你相见。"从这首美得让人心醉的诗,她谈到了六世达赖喇嘛仓央嘉措,谈到了这个从门巴族里诞生的情歌王子的短暂而又富有传奇色彩的一生,谈到了他的出生之地——墨脱。

后来,当我知道了这个深深地隐藏于雅鲁藏布大峡谷之中、四面被高耸的雪峰包围的县城,曾经就是千百年来一直为人们所传说和寻找的香巴拉王国的时候,一个走进墨脱的念头便在我的心里悄然而生,并且,渴望享受一下到那"鲜花盛开的坝子"上漫步的感受,也一天比一天强烈地撞击着我的心灵……

那一天,在拉萨,我跟在网上相约的驴友犀牛和涛声在吉日旅馆见面后,我们三人经过了一番徒步前的准备,便途经林芝一路东去,在第二天的下午三四点钟的时候来到了徒步的起点——派镇。

清晨起来,辛勤的客栈老板已经为我们做好了早餐。正吃饭的时候,外面有人喊了一声:"去松林口的货车到了!"等我们端着碗出门看时,转眼间门巴族的背夫们,已把他们将背着走进墨脱的货物填满了车厢。

当听说这是唯一的一班车的时候,我们也不敢再耽搁了,匆忙放下饭碗,把行囊也甩到车上,然后,和那二十多个门巴背夫一起挤上了车。接着,大货车便像一个醉汉一样开上了一条危机四伏的爬山路。一路上,车上的乘客不时地发出一阵阵惊恐的喊叫声。

到松林口下了车,我们趁背夫们还在整理货物的时候,问清了道路,然后登上了坎坷的山间小径。

此时正是七月的雨季,多雄拉山上烟雨迷蒙,一片苍翠。山坡上不时可以看到一簇簇绽放的奇异花朵,而每一条峡谷中,都有溪流的歌唱。我们这群徒步者的目标虽是墨脱,但我们深知:对途中风光和景色的欣赏才是我们徒步的真正意义之所在!所以,我们一边走一边在驻足小憩的时候,便让我们的眼睛尽情地享受这份大自然的盛宴。

我们大约是在十一点多钟的时候与背夫们一起赶到垭口的。此时的垭口,已是大雾迷蒙,皑皑的雪原上,只见一个个负重的身影步履急促地攀缘而上。我和犀牛在雾霭沉沉的冰盖上抓紧时间照了两张相后,立即冲过了垭口,很快便走出了雾区。虽然雨还在下,但低首俯视,嶙峋的山中,一片片的积雪映入眼底;放眼望去,远山逶迤,林木苍苍。下山的路,几乎都是走在陡峭如削的峭壁上,容不得你有半点的疏忽。下到半山腰,才知道一条条瀑布竟然都是在必经之路上劈头砸下,冷飕飕的凉风,白茫茫的水雾,激流翻滚的窄窄的小路下,更是万丈深渊。背夫们虽然身负百斤以上的重物,却能从水中突起的石块上轻快地跳过,可我们这些旅行者却因怕滑倒被急流冲下山崖而不敢冒险,只好老老实实地蹚水而过,一任那冰冷的雪山融水把我们浑身打个透湿。

当我们下到山脚,一条发源于多雄拉山的河流——多雄河已经在那里咆哮着迎接我们了。回头仰望走过的路,那雄浑巍峨的大山上,最惹人注目的就是那一条条如白练般挂在山腰里的瀑布群。当年,只一条庐山瀑布,便让诗仙李白高吟："飞流直下三千尺，疑是银河落九天。"如果他有幸置身于此，不知将会写下怎样惊天动地的千古绝唱。

下午四点来钟的时候我们走到了拉格，这里有几处简易的木板房子，是专门供背夫和徒步者歇脚的地方。住下后，大家便急不可待地换下湿透了的鞋子和衣服放在火塘上烤。以后每天晚上住下后，烤鞋子和衣服便是一项不可或缺的作业了。

第二天的行程，从拉格到汗密是二十六公里，虽然一天都是在雨中跋山涉水，或穿越原始森林，这却是最好走的一天，因为路上没有多少惊险之处。

第三天，从汗密走到背崩的行程是三十六公里，虽然这一天只偶尔下一点雨，但却是最艰难的一段，然而，这也是风景特别雄奇瑰丽的一段。首先是要通过林密荫浓的原始森林，这里古木参天，幽静异常，除了偶尔传来几声鸟鸣之外，便是我们踏碎这片寂寥的脚步声了。

出了森林，便由此走进了蚂蟥区。这里的蚂蟥之多，可以说是防不胜防，它们会在水里等你，会在路边的草叶、树叶上等你。它们把自己伪装成草梗叶茎，随时都会有数条蚂蟥黏附到你的身上，就连手里的登山杖都常常成为它们向你进攻的途径。这里的蚂蟥，是一种很独特的线蚂蟥，穿两层厚袜子也挡不住它们钻进去吸你的血，而一旦被蚂蟥叮上，它们注入人体内的溶血剂，便会让伤口处血流不止。凡是曾经徒步墨脱的人，不管是如何防备，也很少有人能躲过被蚂蟥叮咬这一劫。

就是在这蚂蟥区里，还有一段路，就是提起来就让徒步者胆寒的十几公里长的老虎嘴。这是一条从悬崖峭壁上人工开辟出来的山路，许多地方，宽不盈尺，容不得你有任何一点的大意。据背夫们说，这里年年都有负重的骡子失足落崖。

行走在老虎嘴中，上面的山水如瀑而下，下面是渊深万丈的峡谷，多雄河就在下面唱着仿佛是死亡呼唤的歌谣。此处的青山高耸入云，峡谷空旷幽深，巨大的视角落差，给人一种直透灵魂的壮美。景色虽然奇丽，但因对生命安全的忧惧，人们大多都会做出快速通过的选择……

过了老虎嘴之后，最让人担心的便是一百多米长的大塌方了。这里是地质学上的断带，石碎土松，整座山早已有半壁坍塌落入峡谷中的多雄河。只要一下雨，这里便会塌方不断，危机四伏，碰上倒霉的天气，常常要等上一两天才能通过。我们的运气不错，这里没有下雨，既没有滚石之忧，也没有塌方之惧，更没有山水把路冲断之怕。虽然路只有巴掌宽，通过此处更要手脚并用，但是，感谢上天，毕竟路是通的。

我们是在黄昏时分到达的背崩。住下之后，散开裤脚一看——天啊，十几条蚂蟥钻在袜子里早已吸血吸得珠圆玉润，袜筒上一片殷红，腿上鲜血淋淋……

三天的徒步确实让人有一种接近崩溃的感觉，一住下来，涛声便说："我是走不动了，我要在背崩休整一天再走。"然而，我和犀牛还是决定明天继续行走，在墨脱等他。说实话，背崩的景色虽然也不错，但是，我更渴望去享受一下在墨脱街头悠然闲散漫步的感觉。

终于在天黑前，我和犀牛转过一个山角，正被暮色渐渐吞没的墨脱县城刹那间呈现于眼底。已经走得接近于崩溃的犀牛，突然大喊一声："墨脱啊，我终于看到了你！"随即，他把背包从身上褪下往地上一摆，便坐在路边的一块石头上默然无声地久久地注视着这座小小的县城，仿佛是怕他已经到手了的猎物会在突然间逃遁一般……

漫步在墨脱街头的时候，我的心是平静的；站在路边凝视山下隐隐可见的雅鲁藏布江的时候，我的心也是平静的。我像任何一个旅行者一样都深深地明白：目标，永远都只能是一个象征，真正的挑战，真正让心灵燃烧的东西，只能来自奋斗与拼搏的途中；凡是到墨脱徒步过的人，都知道这样一句流传已久的充满感慨的话："徒步墨脱，景美路长；身在地狱，心在天堂。"我很喜欢这句话，因为对于徒步者来说，肉体所经受的劳顿之苦只是一时的，但是，这一时的"地狱之苦"，却能为心灵换来永恒之美的享受。舍不得投入，怎能会有收获？走不得墨脱，便享受不到这一路天下独绝的景色之美，而这景色在以后的岁月里，又将成为你浪漫心灵里的一首永远都回味无穷的诗歌。

魂傲千古，气吞河岳

浩轩

骑行至河南商丘，特地拜访了归德古城，站在拱阳门外，看着已被如流的岁月侵蚀的残砖斑驳的城墙，禁不住会让人想起一千二百多年前，在这座城中发生的一段惨烈的故事，以及故事中那些魂傲千古、气吞河山的人物……

在唐玄宗时期的那场安史之乱中，叛军要想达到占领江淮、从而控制天下的目的，就不能不拿下战略重镇归德。不曾想，他们遇到了誓死不降的守将张巡，两军相持数月，城中粮尽，张巡派大将南霁云悄然出城，杀出重围，向临淮节度使贺兰进明请兵救援。贺兰畏怯叛军，更妒忌张巡功高于己，根本不想发一兵一卒，可他又爱惜南霁云勇武非凡，便设盛宴款待他，并对他说："睢阳（即归德古城）城破是早晚的事，救也无益。"霁云泣曰："如果兵到睢阳，城已为贼破，我当以死相谢！"

可是，贺兰依然不为所动，并趁机让诸将向霁云敬酒，劝他留下为自己效力。南霁云悲不自胜，掷杯于地说："睢阳兵民，已有月余牙未沾粒米了，现在大夫你不肯出兵相救，却在此大宴于我，想想睢阳的兄弟，我怎能下咽进腹！主将派我来这里，却没能完成任务，霁云我就留下一指，以示我与主将共存亡的决心！"说罢，抽剑自剁一指，满座皆为之惊涕。随后，他便驰马出城，抽箭射向佛寺的高塔，箭镞深没砖中，厉声道："待我破贼后，必灭贺兰进明，并以此箭为誓！"

然而，天不佑豪雄，当南霁云乘着夜色回到城中之后不久，城池便被叛军攻破，南霁云和张巡皆英勇赴死。守城之初，城中有兵民三万余人，城破之时，只剩下区区四百来人……

岁月飘逝已千年，英魂犹然在眼前，凛然浩气，永荡天地之间。人生在世，活的就是一种精神，死不足畏，可畏的是一个人活得如贺兰进明一样可悲可怜，虽然南霁云不曾手刃这个龌龊的小人，但是，他那足傲万世、昭如日月的英灵，早已把贺兰进明那丑恶的灵魂踹进万劫不复的地狱之中了！

立于古城之下，心仿佛在聆听着一种来自远古的声音：活着，就要有一种能让自己的灵魂站立起来的精神。人不论贵贱，居不分南北，不管我们是行走于江湖之远，还是置身于庙堂之高，都要坚守住这种精神！是的，我们面对的归德古城也许有一天会在岁月里坍塌，但是，南霁云等英烈的精神将永远彪炳青史、辉耀后人！

雪峰的呼唤

语堂

"香格里拉"这个外来语,如果译作"心灵的故乡",应该说是最贴近其原意、最能展示其内涵的了。当我们置身远离城市的喧嚣和物欲的诱惑,只有逶迤的峰峦、叠翠的幽谷相伴于蓝天白云之下的时候,我们感到的并不是心灵的震撼,而恰恰是氤氲于胸的亲切感———一种心灵回归的亲切感!虽然云南把中甸改名为"香格里拉",四川也把她的一个乡定名为"香格里拉"乡,但在旅行者的心中,香格里拉并不是某一个特定的地方,而是指川滇藏交界处的大片区域。在这片区域里,每一个地方都有着自己独特的秀美,每一道风景线都独具魅力。所以,能够在香格里拉转上一圈,这对于整天忙忙碌碌、在混凝土筑起的楼群里穿梭打拼的人们来说,是多么渴望享受到的惬意和快乐啊!

当我和在中甸认识的驴友小于一起徒步了素有天堂美誉的梅里之后,便又踏上了前往被称为香格里拉之魂的稻城亚丁的旅程……

当我们乘坐的车子还飞驰在由稻城往亚丁的路上时,透过车窗,那愈来愈清晰地映入我们眼帘的便是一座座雪峰了。她们那冰清玉洁的峰头,越过层层的山峦,在一碧万顷的蓝天的衬托下,仿佛是造化对人们心灵的一种呼唤，在引导着旅行者急切地向前，向前！

汽车在亚丁村的陇陇坝停了下来，这里是旅行者徒步进山的起点。也许是因为高原反应的缘故，小于下了车没走多远便气喘吁吁，两腿发软，每走几步就扶着我的肩膀大口大口地喘气。我把她的背包接过来，拉着她慢慢地沿着山路拾级而上。我说："小于，租匹马吧。"谁知小于却坚定地摇了摇头说："不！我宁愿你拉着我慢慢地欣赏路上的景色，也绝不做走马观花的傻事。"随即又笑了笑说："我好像感觉到自己体内管走路的各个器官，还都没有真正开始工作呢，走一会就好了。"事实上也真像小于说的那样，一个多小时后，当我们走到冲古寺的时候，她突然变得劲头十足、精神抖擞，竟像换了个人似的，包也不让我替她背了。

走下冲古寺，只觉得眼前豁然开朗，在群山之间竟然出现一大片平缓的草地，清澈蜿蜒的亚丁河从草场上穿流而过，灿烂的阳光下，有几匹马在安闲悠然地吃着草。顺着河流望去，晶莹剔透的雪峰夏诺多吉，正如盛开的莲花一样映入了我们的眼底。凝望着眼前的一切，小于手持相机喃喃地说："我们是在仙境里，还是在梦中啊？"呵呵，这个正在中央美院读研的姑娘，竟然也被眼前的美景摄去了魂魄！她从不同的角度连拍了几张之后，笑着说："大自然如此完美的构图，真让人有点怀疑她的真实性了！"我从她手中要过相机开心地对她说："来吧，就让你的倩影永远地留这虚渺的幻境之中吧！如此的美景，如果没有美女的点缀，那才是大大的遗憾呢！"

也许是自然之神为了让人们能更细致地欣赏她的杰作，接下来的道路便一直沿着较为平缓的亚丁河谷蜿蜒而上，不会让你有任何"走路不观景、观景不走路"的遗憾。当我们绕过一个山脚，青幽的河谷愈加空旷和苍翠，遥望前方，那形如笔架、亦如元宝般秀美的雪峰央迈勇，凌空矗立，一下子把她的容颜尽展于我们的眼前，仿佛一步两步就能走进她的怀抱之中似的。然而，望山跑死马，我们知道她离我们还远着呢。

我们沿着亚丁河谷愈是向前，愈是能感受到那扑面而来的让人窒息的天地之大美。夏诺多吉似直刺青天的一瓣白莲，立于河谷的左边；仙乃日如冰雕玉砌的金字塔一样，昂首于河谷之右；清清的溪流倒映着三座如"品"字一样雄踞蓝天之下的雪峰，看着游移于天际的白云，怎不让人也从心灵深处产生一种像雄鹰一样翱翔其上的冲动和激情？

我和小于并不急着赶路，因为我们只想慢慢地啜饮这杯醇浓直透灵魂的大自然的"美"酒，细细地享受她醉人心魂的馨香。有几个背着行囊的藏族同胞从我们身边走过，并且很有礼貌地向我们问好："扎西得勒！"

我们在黄昏时分到达亚丁的落绒牛场，这里有供徒步者休息的营地。第二天早餐后，我们又开始向海拔近五千米的五色海进发。这一路都是爬坡，雪山融水还时常浸漫着山路。昨天还静雅如处子一般的亚丁河，今天却变得风风火火，她时而从悬崖上飞流而下，时而在山涧里呼啸狂歌；昨天她还是那么温顺可爱，今天却成了一个让人不敢走近的野蛮女友！顺着欢腾跳跃的亚丁河，翻过了几座山头之后，我们在中午时分来到了央迈勇雪峰冰川下的牛奶海。当我们在远处遥望牛奶海时，还以为那里是一个冰雪的世界呢，走近一看，才知道湖岸湖底尽是纯白的石子。呵，这一定也是牛奶海之名的由来了。

我们在牛奶海徜徉了一阵之后，竟然发现再无路可走，那五色海在哪？恰巧这时有一个藏民在附近挖着什么，我俩走了过去打听，谁知她不会说普通话，只是用手指着我们面前的有近二百米高且长满青草的山向我们示意。我们懂了，五色海就在这山的后边。"我的天啊！"我们禁不住从心底发出了一声感叹。在这海拔高度近五千米的地方，走路都感到气喘乏力，还能爬上这么陡峭的山吗？但是，既然已经来了，除了向上爬，去享受上天赐予心灵的自然之圣餐外，我们还会再作其他的选择吗？

谢天谢地，虽然每爬几步就要停下来喘上一阵子，但是，我们总算快要爬到山顶了。就在这最后的一刻，小于把手伸给我说："老兄，快帮妹妹一把吧，我感到已经迈不动步子了。"也在呼呼气喘的我一拉住她的手，仿佛陡然平添了许多力量似的，一口气把她拉到了山顶。当五色海呈现于我们眼底的一刹那间，小于竟然伏在我的肩头哭了起来，我知道，这是一个女孩在征服了自我、战胜了高度后的骄傲和自豪的泪水。过了一会儿，她笑了笑对我说："谢谢你，如果没有你的陪伴，我不一定会有再向上爬的勇气，因为我知道，在我最需要的时候，你会帮我的！"

我们的运气真好！由于湖底岩石的色彩不一，这天的灿烂阳光，让我们阅尽了五色海满目斑斓、色彩变幻的美丽。又因为三座雪峰以"品"字形把五色海夹峙于其中，所以，漫步于湖岸，便能依次看到她们呈现于湖中姿态各异、威仪凛凛的倒影。北峰仙乃日距五色海最近，她那银白色冰川的冰舌差不多已经伸到了湖口，驻足湖边的时候，我们甚至还有幸听到了一声雪崩冰爆的轰鸣声，远远地看到了雪霰从仙乃日的峰头飞滚而下的情景。

我和小于沿着湖岸，不断地寻找着最佳的摄影角度，拍下了一处处感动我们心灵的美妙场景。小于感叹道："能有这样的一个漫步于亚丁五色海的机遇，生也有幸，死亦何憾啊！"

是的，美丽的香格里拉，我们来过了，我们经历过了，我们感受过了雪峰神山的呼唤，我们找到安抚灵魂的人间圣地……

"驴子"精神

聪健

那些酷爱背上行囊到大自然中徒步探险的旅行者,喜欢形象地称自己是"驴子",而"驴子"们最喜欢的一句名言就是"不怕身在地狱,只求心在天堂"。身为什么是在地狱?因为"驴子"们背上是沉重的行囊,脚下是崎岖坎坷的漫漫征程,每走一步,都是对自己的体能和意志的挑战;心为什么是在天堂?因为当"驴子"们放眼四望,触目所及,无不是空旷幽缈的溪壑峡谷,连天接云的奇峰险隘,云屯雾集的飞瀑流泉,烟波浩渺的湖川江海,苍茫辽阔的大漠草原,遮天蔽日的原始森林……

诗意的心灵,正是孕育于诗意的自然,就像五彩的霞光,正是孕育于朝阳落日一样。

"驴子"都是渴望享受不同凡响之美的人们,他们深知:没有真正的付出,便没有真正的享受;没有珍品,便没有收藏;没有深山峡谷间的徒步穿越,便没有感动心灵的独绝美景;蜻蜓点水式的游览,满足的只是"到此一游"的虚荣,却震撼不了心灵;走马看花式的观赏,得到的只能是浮光掠影的表象,却感受不到穿透灵魂的雄美。所以,"驴子"们一次次走向他们心中渴望的大自然最美的圣殿,追求的是将自然之美融入心灵的欣喜与感动。

敢于选择做"驴子"的人，无不是敢于挑战自我和战胜自我的人，无不是心中充满浪漫激情和坚定信念的人，无不是自信果敢和心态积极的人。因为他们知道自己有着像驴子一样健壮的四肢，所以，他们从不惧路途的遥远和艰险；因为他们知道自己有着钢铁一样的意志，所以，他们不会被困难打垮和征服；因为他们知道自己是去阅读自然之神创作的大块文章，所以，他们的心中充满快乐和期待。

其实，"驴子"们的追求，所代表的正是一种人类的精神！

如果说大自然是一幅我们的眼睛能看到的大气磅礴的美丽画卷的话，那么，我们的生活便是一幅我们只有用心灵才能真实感受到的同样伟大的画卷；做一头勇于探险和穿越自然的"驴子"，我们还只能算是一个美的发现者，但是，如果我们勇于做一头敢于探索和穿越生活风景线的"驴子"，那我们就不仅仅是一位美的发现者了，更是一位美的创造者！

草原的阳光

笑愚

旅行的美妙之处,就在于神奇的大自然总是像一个伟大的魔术师一样,常常在天地之间的这个大舞台上给我们带来别样的惊喜和诗意的感动……

夏季的一天,我和几个驴友来到了内蒙古西乌旗大草原的深处,住在豪爽的巴特尔的蒙古包里,准备在这天旷地阔、碧野苍茫的地方,静静地盘桓几日。特别是当巴特尔说他牧场里的两匹马可以让我们每天免费骑上一两个小时的时候,更是对我们产生了巨大的诱惑力。

下午五六点钟的时候,小娅和默燕便拉着巴特尔给她们备鞍,准备出发了。她们被扶上马背不久,便很快掌握了骑马的要领。突然,巴特尔喊了一声:"骑稳了!"接着,便故意在两匹马的屁股上猛拍几巴掌,两马像得了命令,开始在空阔的草场上撒欢儿似的小跑了起来,驮着两个被吓得尖声直叫的女士冲向远处,巴特尔则快活得像个小孩子一样,一跳一跳地跟着马跑……

时间似乎比马儿跑得还快,转眼便见西斜的日头翻腾着烈焰,向着遥远的地平线渐渐地落下。阳光似乎也在刹那之间变得柔媚璨灿,整个大草原像笼着一层似有若无的金纱,宛如梦境般地飘忽和迷离。那起伏的山丘、游移的羊群和奔跑的马儿，无不让你感受到自己正徜徉在一个童话的世界里……

　　随着落日愈来愈接近地平线，我身后的影子也在渐渐地拉伸着，愈来愈显得修长、单薄。当我端起相机对着自己映在夕阳里的身影按下快门的那一瞬间，我突然发现，黄昏的草原多像少女红晕的脸庞啊！便忍不住哼起了《陪你一起看草原》的歌曲来。然而，优美的旋律却让我的心头泛起了微微的感伤……当人们置身于一个至美如幻的妙境之中的时候，往往最渴望的便是能有一个与自己心灵相通的知己来共享！此时此刻，我望着绿草上自己映在鲜红夕辉里长长的影子，一种孤寂的落寞感幽然地浮上心头。天地的辽阔，自然的大美，往往更容易唤起一个旅行者心灵深处的诗意的孤独感。

　　广袤的大草原上，一片宁静，静得似乎能让你听到暮色从遥远的东方急切碾过大地的轰鸣。我凝望着每一秒钟都在幻化着色彩的金乌，凝望着她隐入地平线的刹那间，天边所呈现的绮霞流光，突然觉得自己也像身后的影子一样，融化在了这辽落殷旷的晚暮苍苍的莽原上……

登顶，是为了回家

青苑

翻开人类的极限高度的攀登史，便会感受到一阵阵悲壮的气息向心头袭来，几乎每一座八千米以上的山顶上都留有人类的足迹，几乎每一座八千米以上的冰峰下也都有攀登者在此长眠。但是，人类的攀登精神永远都不会因为死亡的威胁而有丝毫减损，后来者依然会越过逝者的墓地，踏着前人的足迹前进，可谓"生命不息，攀登不止"啊！

然而，随着愈来愈多的人加入到攀登者的行列之中，一个一直困扰登山界的两难抉择，也愈来愈不容回避地呈现在人们的面前：是登顶重要，还是生命宝贵？攀登精神，可以说是人类灵魂里的一面不可或缺的伟大旗帜，但一个人的生命也只有一次……

1995年9月，一支由七人组成的登山小队，来到了喀喇昆仑山主峰乔戈里峰（国际上称其为K2）下的登山营地。队长是彼得·希拉里，他是人类登顶珠峰第一人希拉里的儿子，父子两人曾创造过一起登顶珠峰的记录，有着丰富的攀登经验。其中还有一个灵魂人物艾莉丝，曾在无氧气装备的情况下成功登上珠峰。9月12日，登山小队攀到距峰顶已不到四百米的地方，K2已触手可及。但是，就在这个时候，乌云开始凝聚，彼得知道，这是天气变坏的先兆,他果断下令:"立即撤退下山!"然而,却无人响应,特别是艾莉丝,更是坚定无比:如果冲顶成功,她就会成为世界上第五位登上 K2 的女性;放弃唾手可得的成功,太需要勇气了!面对这样的诱惑,她毅然决然地带着其余的五人向前冲去。看着他们六人向上登攀的身影,彼得只得独自一人下山了。艾莉丝带着她的小队最终站到了巨峰之巅,然而,在下山的过程中,狂暴的飓风夺去了六人的生命。

彼得因为没有选择登顶而幸运地活了下来,谁能说他就是个懦夫呢?艾莉丝确实成了世界上第五位登上 K2 的女性,但是,由于她错误的选择,使其他五名队员的亲人对她充满怨恨,因为她在得到了明确的警告和下撤的命令后,依然固执己见,才铸下如此悲剧。要知道,当彼得离开 K2 去与家人团聚的时候,三十三岁的艾莉丝给她的丈夫留下的两个孩子,却再也等不到母亲的归来了!这次山难,让人们对登顶与生命之间的抉择,有了更加深刻的思考。

设立于 1991 年的"金冰镐奖",是登山界公认的奥斯卡奖,该奖项设立的初衷,就是对那些无畏的攀登者的最佳表现予以奖励。1995 年的 K2 山难之后,人们便开始酝酿赋予"攀登者的最佳表现"以更加现实的意义。1997 年有人提议:"导致死亡的探险不应该获奖。一次完美的攀登应该以所有成员安全回家收尾!"曾获得过金冰镐奖的登山家史蒂夫说:"我最喜欢的攀登,是'完美的失败'攀登,面对不可克服的困难,我们都应该像彼得·希拉里那样能够理智地放弃,安全地回来。这样的攀登,带给我的经验和体会是最多的,因为山一直都在那里!能够全身而退,下次重新过来,这不是失败,而是完美的登山者经历!"

在大自然面前,人的生命都是脆弱无比的;虽然攀登精神是永恒的,但是,人的生命却是短暂而又宝贵的,只有加倍珍惜,才能在自己有限的生命岁月里,成就一个个伟大的攀登的壮举!终于,人们最后赋予了金冰镐奖这样的意义:"在攀登所传载的人类价值中,生是最高的价值。攀登使我们更加认清生命中那些本质的要素。但是,死亡永远都是失败!死亡不能被奖励,至多是吊唁。"攀登,已不再为暴虎冯河式的勇敢和无畏喝彩!

前不久,登山家兼企业家的黄怒波在一次演讲中,谈了自己登山的经历和感悟:2009年5月,他第一次攀登珠峰,已经到达了8700米的地方,峰顶就在眼前,但是,严重冻伤的手指失去了灵活性,理智的他选择了下撤,转身的一刹那他发誓说:"我还会再来的!"一年后的2010年5月,他真的又来了,并且登顶成功。在演讲中他颇有感触地说:"登顶,是为了回家;踏上巅峰,是为了回归平凡。攀登的经历,会让我们更加明了:生命之于人,是最终极的享受!"他的这段话里,实际上,已经赋予了"攀登"二字更宽泛、更深广的内涵!

是啊,登顶,是为了回家!富于攀登精神的人生,应该是闪烁着智慧之光的人生,唯有知道珍惜和尊重生命的人,才能更好、更出色地弘扬攀登精神!

大山的后面是什么?

思远

大自然的雄丽风光,往往幻化绝伦,超乎人们的想象能力,不曾身临其境,便永远难悟其境之弘美,难摹其景之情状。比如一个人们经常会问的问题:"大山的后面是什么?"许多人都会想当然地回答:"大山的后面还是山!"真的是这样吗?

几年前,我也觉得应该是这个答案,可是,当我在新疆徒步穿越了喀纳斯之后……

那年夏天,我和几个驴友从贾登峪走进了阿尔泰山之中。我们先是沿着喀纳斯河谷行进,空谷内繁花迷眼,芦苇招摇;夹河的高山,相对而出;幽壑清风,飒然有声。我们有时临溪畅饮,有时又跃上峰头俯视幽渺的谷底,有时又会翻过一座座青山,穿行在茫茫的原始森林之中。当我们转过一座大山,又一次下到了谷底时,突然,我觉得有些不太对劲,就问向导:"一个上午,我们明明都是沿着喀纳斯河顺流而下,怎么现在成了逆流而上了?"向导是个哈萨克族汉子,说不好汉语,费了好大的劲,才让我明白:我们已经离开了喀纳斯河,现在是行走在禾木河峡谷里。

大山绵连,峰壑弥亘,直到晚上七八点钟的时候,我们才走到群山环抱之中的禾木村。虽是夏季，可这里的早晚却有些寒意逼人，四周的山上长满了漂亮的白桦树，禾木河从村前流过，清凌湍急，唱着古老而又神秘的歌谣。尽管走得已经很累了，但我依然徜徉于河滩的暮色里，陶醉于这如诗如画的景色中；望着阻断前路的大山，我默默地想着：明天的行程，还是穿越在一座座翻不尽的大山之中吗？

第二天一上路，果然是一座林茂草盛的大山，一条羊肠小道，就挂在悬崖峭壁之上；幽深的涧峡，令人毛骨悚然；嶙峋的山道，也让人有些头晕目眩。过了一个垭口后不久，眼前的景象，渐次开阔了起来，山的影子，在身后越来越远，取而代之的是空旷的草原牧场；远山隐隐，草场青青，一些海子散落其间，一条细流汩汩流淌；偶尔也会遇上一两个骑马牧羊的哈萨克人，也许因为几近与世隔绝的生活，让这些牧人见到我们特别亲切，甚至会骑着马跟上我们好长的一段路程，有的还把马让给我们骑，他则与向导有着说不完的话……

晚上四五点钟的时候，我们到达了黑湖，湖边驻扎着二十来户人家的牧包。几匹膘肥体壮的牧马，悠闲地在湖边饮水或徜徉，三四个哈萨克少年，坐在湖边的草地上，望着我们笑，问他们话，也只是看着我们笑，就是说几句话，也是哈萨克语，我们哪懂呢？

这里属于高原草甸，由于接近雪线，非常寒冷。这里的地势，比我们此前攀越的最高峰的海拔还多几百米呢！离湖不远的地方，立着一座覆盖了一层薄雪的山，虽然不是太大，却是黑湖之水的源头。清澈的湖水，映着天光云影，衔着一抹青碧，静坐于湖边，超脱于世的仙心道韵，自会起于胸臆。

走过了黑湖，依然是大片的草原，直到五六个小时之后，我们才又一次走进了崇山峻岭之中，来到了素有瑞士风光之称的喀纳斯湖边。当我们回望来路，虽然那屹立的青山再一次挡住了视线，但是，我们知道那山的后面，是一道道什么样的风景线！

就在去年穿越怒江大峡谷的旅行中，我和几个较为年轻的驴友，住在怒江边的丁大妈家。黄昏时分，闲聊的时候，一个驴友指着夹江突兀而起足有三千多米高的绵延峰崖问道:"这山的后面是什么?"另一个驴友几乎是不假思索地答道:"这山的后面肯定还是山了!"丁大妈的孙子也在场,他曾经多次带领徒步探险者穿越过眼前的碧罗雪山,他笑了笑说:"不对,这山的后面,不仅仅只有山,还有绵绵不断地要两三天才能穿过的牧场,牧场上只是一些起伏不大的丘陵。"听了他的回答,两个年轻人一脸茫然,他们没有亲自到过那山后,更没有穿越过那里的牧场。所以,对于我们每个人来说,自己不曾经历的地方,想象力的翅膀,会虚弱到连展翅的力量都没有,更别说飞翔了。